Inge Zinßer

Grabsharing

Inge Zinßer lebt in Hochdorf, einer kleinen Gemeinde im Kreis Esslingen. Sie ist Buchhändlerin und war lange Zeit in verschiedenen Sortimenten tätig. Seit ein paar Jahren arbeitet sie nicht mehr in einer Buchhandlung, ist aber jede Woche dort zu finden – immer auf der Suche nach Schönem. Hauptsächlich nach besonderen Kinderbüchern für ihre sechs Enkelkinder. Für die schreibt sie auch kleine Geschichten oder hält deren Abenteuer fest.
»Grabsharing« ist ihr erster Kriminalroman.

Inge Zinßer

Grabsharing

Eine Kriminalgeschichte

Oertel+Spörer

Diese Kriminalgeschichte spielt an realen Schauplätzen. Alle Personen und Handlungen sind frei erfunden. Sollten sich dennoch Ähnlichkeiten mit lebenden oder verstorbenen Personen ergeben, so sind diese rein zufällig und nicht beabsichtigt.

Postfach 16 42 · 72706 Reutlingen

Titelbild: fotolia ©VRD
Gestaltung: PMP Agentur für Kommunikation, Reutlingen
Satz: Uhl+Massopust, Aalen
Druck und Bindung: Longo AG, I-Bozen
Printed in Italy
ISBN 978-3-88627-642-4

Plötzlich war es vorbei mit der morgendlichen Stille auf dem kleinen Dorffriedhof. Erst leise, dann immer lauter, hörte man Motorengebrumm und schon sah man einen kleinen Bagger, der einer Spinne mit hochgeklappten Beinen und langem Hals ähnelte, um die Kurve beim Leichenhäusle kommen. Die Vögel beschlossen, vorsichtshalber das Weite zu suchen und das Geschehen von einem sicheren Ast aus in einem der vielen Bäume zu beobachten. Sie kannten den Bagger bereits und wussten, dass bei dieser Arbeit auch ein paar fette Regenwürmer für sie abfallen würden, wenn sich die Maschine in die Erde fraß.

Der Mann, der neben dem Bagger herging und ihn vom Weg aus mit einem Hebel steuerte, konzentrierte sich mehr auf die kleine Straße als auf die Vogelschar. Vor einem Grab hielt er an, stellte die Maschine ab und schaute sich erst einmal gründlich sein heutiges Arbeitsgebiet an, wobei er des Öfteren die Stirn runzelte und missbilligend vor sich hin redete.

»Da bin i 'gschbannd, was des wieder wird. Hoffentlich stimmt der Plan und der liegt richtig rum.«

Es war nämlich so, dass die Angaben vom Rathaus an den Totengräber nicht immer sehr genau waren. Wie alles im Leben, so hat auch ein Friedhof seine Regeln. Beispielsweise liegt bei einem Familiengrab der Mann üblicherweise rechts und die Frau links. So wie in den meisten schwäbischen Ehebetten eben auch. Wie man es halt gewohnt ist. Zudem hat jedes Grab bestimmte Maße, die allerdings öfter durcheinander gebracht werden, als man sich vorstellen kann. Sei es, weil da ein Weg kreuzt oder weil der Frost das Ausheben besonders mühselig macht. Es gibt viele Gründe, wieso die Arbeit auf einem Friedhof immer wieder für Überraschungen sorgt.

Heute nun musste Ludwig, der hiesige Totengräber, das Grab für die Ehefrau neben ihrem vor nur anderthalb Jahren verblichenen Mann Otto Häberle ausheben. Die Magdalene hatte ihn nicht lange überlebt, aber so ist das manchmal bei alten Ehepaaren. Einer kann nicht ohne den anderen. Krank war sie nicht gewesen. Ihre Kinder dachten überhaupt nicht daran, dass der Abschied von der Oma so plötzlich kommen könnte. Dann bekam sie ein Schlägle und wurde unglücklicherweise zu spät gefunden.

Ludwig machte diese Arbeit noch nicht allzu lange, erst seit knapp zwei Jahren. Der alte Totengräber war in Pension gegangen, und nach langem Suchen hatte Ludwig sich schließlich bereit erklärt, dieses Amt zu übernehmen. Keiner will heutzutage so was noch machen, trotz der Maschinen, die die Arbeit doch sehr erleichtern. Der Tod ist halt weit weggerückt von den Menschen. Auch Ludwig hatte sich die ersten paar Male etwas gegruselt, wenn beim Aushub eines alten Grabes plötzlich ein Schädel vor ihm lag. Wobei das noch nicht das Schlimmste war.

Viel unangenehmer waren die berüchtigten Wachsleichen. Aber das war heute bei einem neuen Grab nicht zu befürchten. Auch wusste er über manches noch nicht so gut Bescheid. Sein Vorgänger hatte wahrscheinlich alle hier Begrabenen im Kopf auf einem Lageplan eingezeichnet gehabt, aber er als Neuer tat sich damit noch schwer. Diesen Otto hier hatte er nicht eingegraben. Er konnte sich nicht recht daran erinnern, wie das damals war. Vielleicht war er ja krank gewesen. Er hatte öfters mit seinen Bandscheiben Malheur. Dann sprang auch mal der alte Totengräber ein.

Wenn alles seine Richtigkeit hatte, lag der Mann also auf der rechten Seite und links daneben war das freie Plätzchen für die Frau. Ludwig wunderte sich etwas, weil die Erde irgendwie zu locker aussah. Der Grabstein, auf dem bis jetzt nur der Otto eingraviert war, war bereits gestern vom Steinmetz entfernt worden. Auch ein paar der Pflanzen waren schon ausgegraben und lagerten etwas weiter auf einem freien Feld. Das hatten sicher die Kinder der Familie Häberle gemacht. Schließlich konnte man die Blumen nach der Beisetzung der Mutter wieder einsetzen. Jeder normale Schwabe machte das so.

Er brachte seinen Bagger in Position und klappte die Stützbeine aus. Dann fuhr er mit dem Lastwagen an die Grabstelle heran. Den Container für den Erdaushub setzte er genau neben dem Grab ab. Als alles zu seiner Zufriedenheit vorbereitet war, stieg er in den Bagger und machte sich an die eigentliche Arbeit. Der Greifer biss sich in den Boden. Schaufel um Schaufel holte er aus dem Loch. Der Container war schon halb voll. Es ging wirklich auffallend leicht, gar nicht wie sonst im gewachsenen Boden. Ob da wohl schon mal einer aus Versehen die falsche Seite ausgehoben hatte? Wie gesagt, das konnte schon mal vorkommen.

Plötzlich hörte Ludwig einen dumpfen Ton. Nanu, das hört sich ja an, als ob da ein Widerstand ist, dachte er bei sich. Ja, es war der gleiche Ton, mit dem der Baggergreifer sonst auf einen alten Sarg stieß. An sich nichts Ungewöhnliches, außer, dass der hier nichts zu suchen hatte. Ludwig stieg aus dem Bagger, nahm den Spaten und ließ sich langsam in die Grube hinab. Dort scharrte er vorsichtig die Erde weg. Tatsächlich, da lag wohl einer.

»Heidablitz no amol«, murmelte er, »jetzt hab ich doppelte Arbeit! Warum können die nie aufpassen, wo sie die Leut hinlegen?«

Aber es half nichts, jetzt musste er eben die andere Seite aufmachen, damit die verstorbene Ehefrau halt ausnahmsweise rechts neben ihrem Gatten liegen konnte.

Vor sich hinbruddelnd machte er sich ans Werk. Als ob er nichts anderes zu tun hätte. Die Überzeit zahlte ihm wieder kein Mensch, da brauchte er gar nichts auf den Rapportzettel für die Gemeinderechnung zu schreiben. Die hatten eh gleich immer a domme Gosch.

Falls Ludwig gedacht hatte, dass es nun vorbei sei mit den Überraschungen für diesen Tag, so täuschte er sich. Und zwar gewaltig. Schon wieder ertönte der dumpfe Ton aus dem Grab. Ludwig erstarrte. Aber auch beim nächsten Baggerbiss hörte es sich nicht anders an. Er holte sogar ein Sargbrett mit den Greiferzähnen raus.

»Ja Himmelherrgottsgranatasauerei! Was isch au jetzt los?«

Der Totengräber stieg ratlos aus seiner Maschine, wischte sich den Schweiß ab und überlegte. Also, wenn links einer liegt, dann kann rechts niemand liegen. Oder umgekehrt. Denn das war eindeutig ein Doppelgrab, in dem laut Friedhofsplan bisher nur eine Person, und zwar männlich, lag. Also war einer zu viel. Die Frage war: Wer lag da drin und warum? Bestimmt nicht nur, weil einer dem hier ordentlich bestatteten Häberle Gesellschaft leisten wollte. Es half nix. Er musste Meldung auf dem Rathaus machen. Da werden die Damen auf dem Standesamt aber eine Freude haben, grinste der Ludwig halb in sich hinein. Blicken ließen die sich nie auf dem Friedhof, sie waren wohl etwas »sensibel«.

Auf derlei Befindlichkeiten konnte er jetzt aber keine Rücksicht nehmen, das war ein Fall für weiter oben. Er nahm sein Handy aus der Brusttasche seiner Arbeitshose und wählte die Rathausnummer.

»Ja, hier Ludwig. I steh grad aufm Friedhof und mach des Grab für die Frau Häberle. Des hoißt, i han's macha wella. Aber da liegt scho oiner dren!«

Aus dem Hörer tönte Gemurmel.

»Noi, i han no net dem Alkohol zuagsprocha heit morga. Schee wär's. Des isch mei voller Ernst. Sie müsset herkomma und bringet Sie am beschta gleich da Bauamtschef ond da Bürgermeister mit!«

Die Stimme am anderen Ende der Leitung versuchte wohl immer noch, den Totengräber zu beschwichtigen und das Gesagte ins Lächerliche zu ziehen, aber Ludwig blieb eisern dabei, dass die Oberen auf dem Friedhof zu erscheinen hätten, und zwar bald. Trotzdem würde es wohl eine Weile dauern. Es wäre wohl das Vernünftigste, die Wartezeit für ein Vesper zu nutzen, dachte er bei sich. Sein Magen knurrte eh schon eine Weile, da er noch nicht gefrühstückt hatte. Mal schauen, was ihm seine Brigitte heut eingepackt hatte. Aha, ein Brot mit Käse und einem Salatblatt, ein zweites mit Schinkenwurst und Senf. Nicht schlecht. Dazu ein stilles Wasser. Ludwig trank grundsätzlich kein Bier während der Arbeit, auch wenn ihm das keiner glaubte. Bier und Bauhof schienen von jeher zusammenzugehören, zumindest dachten das die meisten. Er nahm seine Vesperbüchse, suchte sich eine Bank in der Nähe. In aller Ruhe widmete er sich seinen Broten. Einige der zuvor verscheuchten Vögel näherten sich ihm in der Hoffnung auf ein paar Brösel. Ludwig war großzügig. Hin und wieder warf er ihnen ein Bröckchen Brot hin.

Es war noch recht früh am Morgen und er hoffte, dass nicht allzu viele fleißige Witwen mit Gießen auf dem Friedhof beschäftigt sein würden. Ihm stand heute nicht der Sinn nach einer Plauderei. Wer glaubte, auf einem Friedhof ginge es ruhig zu, der täuschte sich. Es war ein außerordentlich belebter Ort voller Begegnungen, Tratsch und Austausch neuster Informationen. Aber gestern hatte es ziemlich geregnet, sodass heut früh das Gießkannenschwenken noch nicht dringend erforderlich war. Ludwig konnte in Ruhe essen und trinken. Sein Blick ging dabei über den Friedhof. Er erinnerte sich an die Zeit, als sein Opa gestorben war und tagelang in der Schlafstube im Ehebett aufgebahrt lag. Kerzen waren angezündet worden. Die Verwandten und Nachbarn kamen vorbei, um ihr Beileid auszudrücken und den Verstorbenen noch einmal zu sehen. Am Beerdigungstag wurde der Leichnam in den Sarg gelegt und unter großer Mühe und Ächzen die steile Treppe heruntergetragen. Vor dem Haus stand ein Pferdegespann mit dem Leichenwägele. Darauf stellten die Träger den Sarg. Dann ging es unter Glockengeläut zum Friedhof. Das halbe Dorf hatte sich dem Trauerzug angeschlossen und ging hinter dem Wagen her. Es war eine Selbstverständlichkeit, bei Beerdigungen dabei zu sein, fast so etwas wie ein Fest. Damals war alles noch ganz anders gewesen als heute. Ludwig beendete sein Frühstück. Er packte die Vesperdose und die Flasche wieder in den Bagger. Eine gute halbe Stunde war seit seinem Anruf vergangen, als er endlich ein Auto vorfahren hörte und Türen zugeschlagen wurden. Vom Friedhofstor her näherten sich der Bürgermeister, der Bauamtsleiter und die junge Frau vom Friedhofsamt.

»Guten Morgen, Herr Ludwig! Was erzählen Sie uns da Merkwürdiges? Was ist hier los?«, begrüßte ihn Herr Walter, der Bürgermeister.

Ludwig erklärte den Herrschaften, was er vorgefunden hatte. Die Sache mit dem rechts und links liegen musste er zweimal erklären, denn so ein komplizierter Sachverhalt ist eben nur was für Kenner. Aber schließlich hatten die Rathäusler dann doch begriffen, dass hier einer zu viel im Grab lag.

»Und jetzt?«, fragte Herr Walter.

»Naja, jetzt müssen wir erst einmal zweifelsfrei feststellen, wer von den beiden da unten der verstorbene Herr Häberle ist. Dann geht es natürlich um die Identität der anderen

Leiche. Wenn da überhaupt eine drin ist, denn bis jetzt sieht man ja nur zwei geschlossene Särge. Herr Ludwig, sind Sie sicher, dass da jemand drin liegt? Ich meine, haben Sie in die Särge reingeschaut?«, fragte Bauamtsleiter Geiger.

»Noi«, antwortete Ludwig, »aber bei dem einen Sarg hab i mit dem Bagger ein Brettle mit der Schaufel rausgrissa. Sie moinet, i soll do nunter und nochgucka?« Ludwig sah die drei vom Rathaus fragend an.

»Ja, das wäre sicher das Beste, bevor wir uns an die Polizei wenden, nicht dass wir uns noch blamieren. Also, bitte sind Sie so gut und schauen Sie in beide Särge«, meinte Herr Walter.

Das Fräulein vom Friedhofsamt sagte nichts, sie war noch kein halbes Jahr auf dem Amt und dann gleich so was. Unauffällig ging sie ein paar Meter zurück und schob sich ihren Schal vor die Nase. Man konnte ja nicht wissen, was da so rauskommt aus einem Grab, von wegen Leichengift und dergleichen. Ihr schauderte ein wenig. Den beiden Herren war sichtlich auch nicht ganz wohl, aber sie harrten tapfer aus, als Ludwig in das Grab hinunterstieg und sich mit Spaten und Brecheisen an den Deckeln der Särge zu schaffen machte. Man hörte Holz knirschen und brechen. Nach kurzer Zeit vermeldete der Totengräber, dass sich sowohl in dem einen als auch in dem anderen Sarg eine Leiche befände. Er kletterte schnaufend aus dem Grab heraus, wischte sich die Hände an einem Fetzen Stoff ab und wartete weitere Anweisungen ab.

»Ja und die Kinder von den Häberles, die muss man natürlich auch dringend benachrichtigen. Unter den Umständen können die ihre Mutter auf keinen Fall hier beerdigen. Was macht man denn da Herr Ludwig?«, fragte Herr Walter.

»Des woiß i au net so recht. I ruf mal dem Bestatter a, vielleicht ka ma se no a Weile aufheba, bis die Sach geklärt isch«, antwortete Ludwig.

»Tun Sie das, und ich ruf die Polizei an«, sagte Bürgermeister Walter und entfernte sich ein Stück mit seinem Handy.

Inzwischen hatten sich doch einige Friedhofsbesucher neugierig der Grabstelle genähert. Ein paar kleine Gruppen standen tuschelnd beieinander. Jeder wollte natürlich wissen, was denn da so Ungewöhnliches los war. Aber die Rathäusler hielten sich bedeckt und gaben keinerlei Auskunft. Auch an das offene Grab ließen sie keine Neugierigen. Nach geraumer Zeit rückten zwei Polizeiautos an. Es folgte die Spurensicherung und ein Leichenwagen. Das Gebiet wurde abgesperrt, damit man ungestört arbeiten konnte.

Ludwig musste mithilfe der Spurensicherung die zwei Särge ans Tageslicht holen. Es wurde viel fotografiert und abgesucht. Der Totengräber kam sich wrklich vor wie in einem Fernsehkrimi. Anschließend wurden die Särge in die Rechtsmedizin abtransportiert, um deren Inhalt genau zu untersuchen.

Ludwig wischte sich abermals den Schweiß von der Stirn. Diesen Tag würde er so schnell nicht vergessen. Er dachte nicht einmal mehr an seine Überstunden, die er keinem berechnen konnte. Nachdem er bei den Polizisten noch seine Aussage gemacht hatte, wie der Morgen abgelaufen war und wie er alles vorgefunden hatte, konnte er endlich Feierabend machen. Es war spät geworden. Er hatte tatsächlich den ganzen Tag auf dem Friedhof verbracht, war nicht mal zum Mittagessen heimgekommen, was recht selten vorkam. Der Friedhof war inzwischen leer, das Grab abgedeckt. Die Neugierigen waren auch verschwunden.

Langsam fuhr er seinen Bagger den Weg hinunter zum Friedhofstor hinaus. Unterwegs überlegte er, dass es beim Essen heute ein lebhaftes Gespräch geben würde. Er hatte seine Brigitte nur einmal kurz angerufen, um ihr zu sagen, dass er nicht heimkommen könne und dass es am Abend

Interessantes zu berichten gab. Er war sich sicher, dass er schon sehnlichst erwartet wurde.

Nachdem der Bagger verschwunden war, kehrte Stille ein auf dem Friedhof. Sofort kamen die Vögel von den Bäumen und suchten in dem losen Erdreich nun endlich nach ihren Regenwürmern, auf die sie diesmal sehr lange hatten warten müssen.

Im Dorfwirtshaus war heute Abend mehr Betrieb als sonst. Um den Stammtisch saßen diejenigen, die fast immer da waren und eigentlich schon zur Möblierung gehörten. Dazu kamen noch etliche, die zwar regelmäßig, aber nicht so oft in den Hirschen kamen. Aber heute waren sie wohl alle mit dem gleichen Gedanken gekommen: Gab es schon was Neues von der geheimnisvollen Leiche im Häberle-Grab? Die Geschichte hatte sich wie ein Lauffeuer im Dorf verbreitet, so etwas Ungewöhnliches passierte nicht alle Tage.

Die Hirschwirtin war froh über die vielen Besucher. Sie stellte unaufgefordert den Hefezopf und den Kuchen vom ausgefallenen Leichentrunk auf den Tisch. Die Familie Häberle hatte ja schon alles bestellt gehabt für die Feier nach der Beerdigung ihrer Mutter. Jetzt war das alles übrig und zum Wegschmeißen doch viel zu schade.

Der Totengräber war allerdings nicht da und so waren die Informationen nur sehr spärlich. Man erzählte sich von der Polizei auf dem Friedhof, den Rathäuslern und dem Abtransport zweier Särge. Einer riss noch einen Witz über den verstorbenen Häberle, der wohl auch nicht im Traum daran gedacht hätte, noch einmal aus seinem Grab herauszukommen und eine Fahrt im Auto zu machen, zumal auch noch in die Pathologie. Es gab schließlich schönere Ausflugsziele. Keiner der Anwesenden hatte eine Idee, wer die andere Person sein könnte.

Der Maierle meinte, es sei ja schon sehr seltsam, dass es zwei Särge waren. Denn wenn einer eine Leiche loswerden wollte und verscharren, die legte er doch nicht vorher in einen Sarg. So was hatte man auch nicht parat in seiner Garage rumstehen, oder? Dem pflichteten die anderen bei. Sie dachten angestrengt darüber nach, ob man wohl einen Sarg bei einem Bestatter leer kaufen könne oder wie man an so was rankäme.

Der Bruntner merkte an:

»Ist doch heut alles kein Problem mehr. Schau einfach mal bei Ebay.«

Einer der Jüngeren hatte sein Smartphone dabei und griff die Idee sofort auf. Tatsächlich, da konnte man Särge kaufen, allerdings mehr so für Halloween oder Partyspäße. Aber immerhin.

Der Täter wäre ganz schön blöd, meinte dann der Bruntner aber, wenn er so vorginge, schließlich ließe sich so ein Kauf ganz einfach zurückverfolgen. Mit derlei Gedankenspielen verging der Abend sehr rasch, das Bier floss reichlich, die Stimmung war bestens, auch bei der Hirschwirtin, die an diesem Tag doch noch zu ihrem Umsatz kam.

Indessen herrschte bei der Familie Häberle naturgemäß pure Aufregung. Bürgermeister Walter hatte sie telefonisch von den Ereignissen auf dem Friedhof informiert. Sie waren alle sehr bestürzt. Die Beerdigung war fürs Erste abgesagt, die Verwandten wieder ausgeladen. Zum Teil wären sie von weiter her nach Glückhausen gekommen. Sie könnten ja nicht ewig in der Wohnung der Verstorbenen rumsitzen und warten, ob das noch was wird mit der Beerdigung oder nicht. Gerhard und Claudia, die beiden Kinder, die allerdings auch schon im reifen Schwabenalter waren, saßen beieinander und besprachen, wie es wohl weitergehen würde. Von Trauer war unter den Umständen allerdings nicht viel zu spüren, die Anwesenden waren merklich geschockt von dem Vorfall. Es herrschte aber auch eine seltsame, fast knisternde Spannung. So etwas erlebte man schließlich nicht alle Tage.

»Ja, also die Frau vom Friedhofsamt hat vorhin angerufen, dass mir die Bestattung verschieben müsset, bis das Grab wieder freigegeben ist. Des dauert so zwei, drei Tag. Oder aber mir könntet au a andere Grabstell aussucha, wenn uns des jetzt nemme so recht wär, weil da scho oiner dren glega isch. Was moinsch denn du Claudia?«, fragte Gerhard seine Schwester.

»Hmm, naja, a bissle komisch isch des scho. Andererseits könnet mir doch unser Mutter net oifach wo anders begraba, sie soll doch scho beim Vaddr liega, oder?«

»Des denk i eigentlich au. Ond außerdem, mit zwoi Gräber hemmer au no ’s doppelte Gschäft mit der Pflege«, bemerkte Gerhard.

»Do hosch wirklich recht«, pflichtete Claudia bei. So beschlossen sie, ganz pragmatisch denkend, die Beerdigung halt noch so lang rauszuschieben, bis das Grab wieder freigegeben wäre.

Gerhard rief dem Ludwig an, dann dem Bestatter. Letzterer versprach, die Verstorbene so lange in seiner Kühlkammer aufzubewahren. Damit war dieses Thema vorläufig erledigt.

Es wurde dann doch noch ein ganz netter Abend. Ein paar im Ort lebende Verwandte und Nachbarn kamen vorbei. Nach anfänglicher Betrübnis unterhielt man sich prächtig, wie meistens bei Beerdigungen. Fast konnte man vergessen, dass die Hauptsache ja noch gar nicht erledigt war.

In der Gerichtsmedizin in Stuttgart begann der Tag wie immer. Der Pathologe Erwin Holzinger trank erst mal einen großen Pott Kaffee und aß eines seiner zwei Brote, die er von daheim mitgebracht hatte. Es war unsicher, ob er später noch dazu kommen würde, denn die Damen und Herren von der Kripo hatten es immer so eilig. Danach widmete er sich seinen zwei Neuzugängen. Ein Studentle, das etwas bleich aussah, assistierte ihm.

Die Leiche des rechtmäßigen Grabbewohners Häberle war schnell identifiziert. Es war eindeutig, dass es sich um einen ordnungsgemäß bestatteten männlichen Leichnam handelte. Das auf dem Grabstein eingemeißelte Sterbedatum stimmte auch mit dem Verwesungszustand des Toten überein. Ganz anders sah es bei der zweiten Leiche aus. Erstens lag sie in einem billigen, rohen Sarg ohne jeglichen Komfort. Das heißt: ohne Vlieseinlage, kein Kissen, keine Zudecke. Der Sarg hatte auch keine Herstellerzeichen, er war nur ein Rohling ohne irgendwelche Besonderheiten. Die weibliche Leiche darin war nackt. Der Verwesungsprozess war zwar im Gange, aber noch lange nicht vollendet. Holzinger schätzte, dass die Frau ungefähr ein bis zwei Jahre tot war. Beide Toten hatten seiner Meinung nach ungefähr gleich lange in der Erde gelegen. Das Alter schätzte er zwischen vierzig und fünfzig. Die Todesursache konnte er auf den ersten Blick nicht erkennen, da musste er wohl etwas genauere Untersuchungen anstellen.

»Also guat, dann fanget mr halt an. Des dauert a Weile,

i hoff, du hosch gute Nerva«, sagte er an sein Studentle gewandt. Er nahm das Skalpell zur Hand, dann machte er den ersten Schnitt. Dem Studentle wurde es zunehmend mulmiger.

An einem anderen Ort in der Landeshauptstadt saß Kommissar Zondler an seinem Schreibtisch, vor sich die noch dünne Akte mit der Aufschrift »Dorffriedhof Glückhausen«. Zur Abwechslung mal was anderes, dachte er bei sich. In letzter Zeit häuften sich die Drogen- und Messerstecherdelikte. Er war sehr gespannt, was sich hinter der harmlos klingenden Akte verbarg.

Eine Viertelstunde später klappte er den Ordner zu, verschränkte die Hände hinter dem Kopf und lehnte sich weit in seinem Stuhl zurück. Seine Denkerpose nannten das seine Kollegen. Interessante Sache. Das Dorf lag im Einzugsbereich von Stuttgart, noch etwas ländlich, aber bereits überschwemmt von Pendlern, die jeden Tag in die Landeshauptstadt und ihre Umgebung fuhren. Viele schätzten das sogenannte Landleben, kamen aber gar nicht dazu, es zu genießen, weil sie zwei Stunden am Tag in ihren Autos saßen. Einen richtigen Bezug zu ihrem Dorf hatten auch die wenigsten. Aber immerhin konnten die Kinder in einem überschaubaren Umfeld aufwachsen. Er würde es in Glückhausen also mit Einheimischen und Zugezogenen zu tun haben. Erst einmal musste er den Obduktionsbericht abwarten. Es würde nicht einfach sein, die Identität der Toten festzustellen, sie würde wohl kaum ihren Pass dabei haben. Im vorläufigen Bericht stand, dass die Unbekannte seit etwa zwei Jahren tot war. Zondler griff zum Telefonhörer, um mit seinem Kollegen zu sprechen, der momentan im Archiv zugange war.

»Aichele, wenn du wieder raufkommst, dann geh doch mal die Vermisstenlisten der letzten zwei, drei Jahre durch. Wir suchen eine weibliche Person, zwischen vierzig und fünfzig Jahre alt. Wir haben einen neuen Fall. Das wird dich bestimmt interessieren. Ich leg dir die Akte gleich mal auf den Schreibtisch.«

Dann setzte Zondler sich an seine Tastatur und suchte die kleine Gemeinde im Internet, um sich einen Überblick zu verschaffen. Schon praktisch, dass heutzutage jedes Kaff eine eigene Homepage hat, dachte er. Da weiß man doch gleich ein bisschen besser, mit wem man es zu tun hat. Er sah sich die offiziellen Rathaus-Seiten an, die Bilder der Bediensteten, dann klickte er weiter zu den Gemeinderäten. Es gab auch eine Seite für die Gewerbetreibenden und dann natürlich noch Kirchen und Soziales. Es war nichts Außergewöhnliches dabei, ein schwäbisches Dorf mit städtischem Einschlag wie so viele.

Sein Kollege Aichele war inzwischen wieder aufgetaucht und las die Akte. Wortlos suchte er dann im PC die Vermisstenliste der letzten Jahre. Er studierte sie sorgfältig. Über einen Zeitraum von zwei Jahren, den ihm sein Kollege Zondler genannt hatte, kamen einige in Betracht.

»Also, ich hab, grob gesagt, neun Vermisstenanzeigen, die halbwegs passen könnten. Die nehm ich mir am Nachmittag vor. Aber jetzt ist gleich Mittag, ich habe einen Riesenkohldampf und in der Kantine gibt's heute Linsen mit Spätzle und Saitenwürstle. Hast du Lust mitzukommen?«

Da musste Zondler nicht lang überlegen. Heute früh war eh nix Gescheites im Kühlschrank gewesen und sein Magen meldete sich bereits seit einiger Zeit. Er schaltete den Bildschirmschoner ein und machte sich mit Aichele auf den Weg zum Mittagessen.

In der Pathologie war Essen momentan kein Thema. Der Chef hatte keine Zeit für solche Gedanken und das Studentle mochte lieber gar nicht daran denken. Doktor Erwin Holzinger war bestrebt, seinem Assistenten bei diesem, für ihn wunderbaren Beispiel möglichst viel beizubringen über den menschlichen Verwesungsprozess unter Luftabschluss und Wassereinwirkung.

»Also Benjamin, du siehst hier eine Leich, die zwar schon länger im Grab liegt, aber die Verwesung isch no net weit fortgeschritten. Das kommt vom Wasser und vom lehmhaltigen Boden. Beim Lehmboden kann das Wasser net abfließen und wenn's halt viel Wasser auf einem Friedhof gibt, dann liegt man dort sehr viel länger, als in einem wasserdurchlässigen Boden. Wobei zwei, drei Jahre gar nix sind, teilweise isch des au nach fuffzehn Jahr no net verwest. Früher und wahrscheinlich auch noch heute hat man für den Friedhof den schlechtesten Acker genommen, weil man dort eh nix anbaute. Das waren dann meistens lehmige Böden. Und wenn man eh nur einmal an eine Grabstelle muss, dann isch's au egal, wie lang der da unten braucht, bis er vergoht. Aber heitzutag hat man ein Grab halt bloß no so um die zwanzig Jahre. In einem richtigen Lehmboden ist das zu wenig. Nach den zwanzig Jahren wird das Grab aufgelöst und meistens wiederbelegt. Das bedeutet für den Totengräber, dass er öfters auf grausig gut erhaltene Leichen stößt. Der Sarg ist meistens auch noch ganz gut in Schuss, der schwimmt da unten sozusagen wie ein dichtes Fass. Drin liegt dann jemand im Anzügle oder Kleid, hat no die Socken an und am Skelett ist noch einiges an Fleisch.«

Der Student Benjamin wurde käsig. Er musste sich mit beiden Händen am Seziertisch festhalten.

»Ja, warum sind denn die Kleider noch erhalten?«

»Immer isch des net so, aber hauptsächlich in den Siebzigern gab's viele Kunstfasern und die sind unverwüstlich, wenn ich da nur an die Nyltest-Hemden denke.«

»Ja, und dann, was passiert dann mit dem Toten und dem ganzen Zeug?«

»Da schwätzt koiner drüber. Zum Grünmüllplatz kann man des auf koin Fall brenga, wahrscheinlich kommt alles wieder nei ins Grab und wird zuadeckt. Aber zurück zu unserm Fall.«

Doktor Holzinger sprach in sein Mikro: »Weibliche Leiche, circa fünfundvierzig Jahre plus minus fünf. Körpergröße 1,70 Meter, Gewicht zirka fünfundsechzig Kilogramm, sportliche Erscheinung. Normaler Körperbau, dunkle Haare, vollständiges Gebiss, einige überkront, viele Füllungen, auf den ersten Blick keine sichtbare Verletzung. Verwesung nicht vollständig, am Brustkorb und Schultern fettartige Ablagerungen, typisch für sogenannte Wasserleichen, die im lehmhaltigen Boden im Wasser liegen.«

Doktor Holzinger machte noch zusätzliche Aufnahmen vom Gebiss. Einige Kronen und Füllungen konnten vielleicht doch noch bei der Identifizierung mithelfen. Dann schoben sie die unbekannte Tote vorläufig wieder zurück in ihr Kühlfach.

Zondler hatte eindeutig zu viel gegessen. Bei Linsen und Spätzle passierte ihm das jedes Mal. Nur dumm, dass er jetzt am Mittag und zudem im Dienst kein Verdauungsschnäpsle trinken konnte. Wenigstens war er allein in seinem Büro und öffnete stöhnend den Hosenknopf seiner zu eng sitzenden Jeans. Es wäre dringend nötig, wieder mehr Sport zu treiben und auch die üppigen Mahlzeiten einzuschränken, dachte er. Aber vom Vorsatz bis zur Tat war es eben manchmal ein weiter Weg.

Er widmete sich den Akten auf seinem Tisch. Um drei Uhr verkündete Aichele, dass er mit den Vermisstenfällen grob durch wäre. Es sei nichts Besonderes dabei, entweder seien die Personen zu alt oder stimmten von der Größe und Statur her nicht überein. Allerdings sei da eine Merkwürdigkeit. Vor etwa siebzehn Monaten sei die frühere Bürgermeisterin der Gemeinde kurzfristig für vermisst erklärt worden. Es handle sich um Yvonne Schaich, dreiundvierzig Jahre. Laut Personalausweis 1,68 Meter groß, dunkle Haare. Zuletzt wohnhaft in einem Kuhnest namens Kreenheinstetten auf der Alb. Er habe nur zufällig herausgefunden, dass es sich um die Exbürgermeisterin von Glückhausen gehandelt hat, weil man damals in der Gemeinde, als sie gesucht wurde, Erkundigungen eingezogen hatte. Ihr Mann hatte sie als vermisst gemeldet, die Anzeige aber nach ein paar Tagen wieder zurückgezogen und erklärt, seine Frau sei wieder aufgetaucht und alles sei in Ordnung. Die Akte sei geschlossen und der Vorgang für erledigt angesehen worden.

»Ich hab's telefonisch mehrmals probiert, aber ohne Erfolg, keiner daheim«, schloss er seine Ausführungen.

»Gut Aichele, dann notier mal die Adresse. Wir fahren da morgen hin und schauen nach, ob sich die Ehefrau noch bei guter Gesundheit befindet. Nach Glückhausen müssen wir dann natürlich auch dringend. Aber erst mal zu den Schaichs, das ist momentan die einzig Erfolg versprechende Spur. Falls die Bürgermeisterin doch noch abgängig ist, haben wir vielleicht schon mal einen Namen für die Tote.«

»Alles klar Chef«, erwiderte Aichele, der sich auf einen Ausflug aufs Land freute.

Der alte Dienstwagen von der Kripo schaukelte gemütlich die kurvige Strecke auf die Schwäbische Alb hinauf. Das Wetter war geradezu ideal für einen kleinen Ausflug und die Straßen leer. Sonntags sah das hier ganz anders aus, da kamen Heerscharen von Ausflüglern aus der Landeshauptstadt und fielen in die Dörfer ein, belagerten die Wiesen und hinterließen meistens auch noch ihren Abfall. Sonderlich beliebt waren die Stadtmenschen nicht hier oben, aber andererseits brachten sie auch Geld in die Wirtshauskassen.

Heute war es jedenfalls still auf der Albhochfläche und die Dörfer waren wie ausgestorben. Ab und zu ein Traktor mit Anhänger, ein paar Rentner und Hausfrauen beim Einkaufen. Vor manch einer Haustür saß eine Katze in der Sonne und putzte sich.

»Wo ist denn nun dieses Kaff mit dem unaussprechlichen Namen? Das kann sich ja kein Mensch merken, geschweige denn schreiben«, grummelte Zondler vor sich hin. Er saß auf dem Beifahrersitz mit der Karte auf dem Schoß. Im Auto war zwar auch ein neumodisches Navigationsgerät, aber das schaltete er nur im Notfall ein. Er konnte das Ding nicht leiden. Er war ein Anhänger von richtigen Landkarten, auf denen er die Strecke immer mit dem Finger nachfuhr. Allerdings hatte das manchmal gewisse Nebenwirkungen, so wie heute: Der Albaufstieg war so kurvenreich gewesen, dass es Zondler gar nicht mehr gut im Magen war. Mehr noch, ihm war saumäßig schlecht. Er hoffte, dass sie entweder bald da sein würden oder wenigsten diese Straße mal wieder geradeaus ginge. Aichele gegenüber wollte er diese Schwäche allerdings nicht zugeben. Musste er auch nicht, denn der grinste schon lange in sich hinein. Schließlich war er öfters mit seinem Chef unterwegs.

»Noch etwa fünf Kilometer, dann müsste Kreenheinstetten kommen«, sagte Aichele betont locker. »Sollen wir vorher noch eine kleine Pause machen?«

»Nein, da fahren wir jetzt vollends durch. Die Schaichs wohnen im Schönblick sieben, das muss irgend so ein Neubaugebiet sein.«

In Kreenheinstetten angekommen, fragten sie eine Fußgängerin nach dem Weg und wurden ans andere Ortsende in die neue Siedlung verwiesen. Dort reihten sich lauter neue Ein- und Zweifamilienhäuser aneinander, die offensichtlich alle in den letzten fünf Jahren gebaut wurden.

»Net schlecht hier, aber ganz schön weit, wenn man unten im Tal arbeitet und jeden Tag hin und her muss. Die Kinder müssen sicher mit dem Bus irgendwohin in die Schule«, versuchte Aichele seinen Vorgesetzten abzulenken.

Der sagte immer noch nicht viel und war froh, als der Passat endlich vor dem Haus Nummer sieben anhielt. Er öffnete die Autotür und atmete tief ein und aus.

Dann stiegen beide aus, folgten dem von Blumenrabatten gesäumten Plattenweg zum Haus und klingelten. Nach einer Weile drückte Aichele noch mal auf den Knopf.

»Hm, jetzt ist es zehn Uhr, da kann man wohl schon auf sein, oder?«

»Vielleicht sind sie einkaufen oder sonst wo. Berufstätig ist Herr Schaich laut Aktenlage anscheinend nicht mehr und sie auch nicht.«

»Möchten Sie zu mir?«, kam eine Stimme von hinten.

Die beiden Männer drehten sich um. Vor ihnen stand ein hagerer Mann in Sportkleidung. Er war grade dabei, von einem Mountainbike abzusteigen, in der Hand eine Bäckertüte.

»Wir suchen die Frau Schaich«, sagte Zondler.

»Meine Exfrau wohnt schon lange nicht mehr hier. Und um was geht es denn? Sie wollen hoffentlich nicht mit mir über meinen Glauben reden, das können Sie gleich vergessen. Falls Sie von den Zeugen Jehovas kommen, keine Chance. Und kaufen will ich auch nichts, weder einen Staubsauger noch ein Zeitungsabo«, ließ Herr Schaich sich resolut vernehmen.

»Und wenn wir von der Polizei sind, was ist dann? Würden Sie uns dann eventuell ein paar Minuten gewähren?«, fragte Zondler in seinem liebenswürdigsten Ton.

»Oh, ja dann. Aber zeigen Sie mir trotzdem bitte Ihre Ausweise, man soll ja vorsichtig sein«, bat Herr Schaich, nun doch etwas verunsichert.

Zondler und Aichele kamen der Aufforderung nach und durften dann mit ins Haus. Alles war peinlich sauber aufgeräumt. Erstaunlich, falls Herr Schaich wirklich allein hier lebte. Er platzierte die Herren im Esszimmer und bot ihnen Kaffee und Brötchen an. Schließlich sei er grade beim Bäcker gewesen. Es sei genug da. Zondler zierte sich nicht lange, er wusste aus Erfahrung, dass ein Happen gut für seinen lädierten Magen war. Auf Nachfrage machte ihm Herr Schaich sogar einen Kamillentee.

Wie vorher abgemacht, erwähnten die beiden Ermittler den mysteriösen Leichenfund vorerst nicht, sondern beruhigten Herrn Schaich mit dem Hinweis auf eine Routineermittlung.

»Also es ist so, Sie haben doch vor etwa zwei Jahren Ihre Frau als vermisst gemeldet. Ein paar Tage später wurde die Suche beendet, weil sie wieder aufgetaucht war und das Ganze sich als harmlos herausstellte. Können Sie mir das alles noch mal erzählen, wie das so abgelaufen ist? Außerdem wüsste ich gern, wo sich Ihre Frau derzeit aufhält und wie wir sie erreichen können.«

»Ja warum interessiert Sie das jetzt noch? Das ist schon ewig her und ich will auch gar nicht mehr dran denken.«

»Es ist aber wichtig, Herr Schaich, bitte versuchen Sie sich zu erinnern«, bat Aichele. Er nahm einen großen Schluck von seinem Milchkaffee, der ganz vorzüglich schmeckte. Auch einer von diesen neumodischen Superkaffeeautomaten, dachte er. Keine so bittere Brühe wie die im Präsidium. Dort kochte der Kaffee den ganzen Tag auf der Warmhalteplatte vor sich hin und schmeckte oft mehr als abscheulich.

»Naja, das war im April 2009. Meine Frau und ich, wissen Sie, das ging nicht mehr. Sie ist, wie soll ich's am besten sagen? Auf jeden Fall ist sie ein schwieriger Mensch. Launenhaft, manchmal cholerisch und boshaft. Außerdem hat sie mich nicht nur einmal betrogen. Deshalb hab ich mir auch die ersten zwei Tage keine Sorgen gemacht. Ich hatte eher eine Stinkwut. Sie wusste, dass ich mich schon seit Längerem trennen wollte, nahm das aber nicht so ernst.«

»Ja, warum haben Sie das denn mit sich machen lassen und sind nicht gegangen?«

»Warum ich? Wissen Sie, ich bin freiberuflicher Grafiker, da fallen die Aufträge nicht grade vom Himmel. Finanziell bin ich ziemlich abhängig von ihr. Sie hat das ja regelrecht genossen. Dann haben wir das Haus gekauft. Ich fühle mich hier sehr wohl, kann von zu Hause aus arbeiten. Die zwei Amtsperioden als Anhängsel der Frau Bürgermeisterin hab ich grad noch so ausgehalten. Aber hier auf der Alb ist es entschieden schöner zu leben. Jedenfalls hatte ich in jenem April endgültig die Nase voll. Man ist ja im ganzen Flecken verschrien mit so einer Frau. Ich hab ihr gesagt, sie solle sich eine neue Bleibe suchen, ich würde jedenfalls nicht ausziehen. Sie hat mich bloß ausgelacht, sie wusste ja genau, dass sie wegen des Geldes am längeren Hebel saß.«

»Und dann war sie plötzlich verschwunden, Ihre Frau?«, hakte Aichele nach.

»Ja, wie gesagt, erst hab ich mir keine Sorgen gemacht. Aber dann fiel mir auf, dass sie gar nichts mitgenommen hatte. Weder Kleider noch Schminkzeug, auch ihr Laptop und ihre Papiere lagen noch im Arbeitszimmer. Das hat mich dann doch sehr stutzig gemacht. Ich hab überall herumtelefoniert und schließlich am nächsten Tag eine Vermisstenanzeige bei der Polizei aufgegeben. Die haben das auch nicht so ernst genommen, weil sie erst einen Tag weg war. Schließlich sei sie ein erwachsener Mensch. Aber sie haben versprochen, sich zu kümmern.«

Herr Schaich fragte, ob noch jemand Kaffee wolle, was verneint wurde. Zondler trank seinen Kamillentee aus. Das Zeug schmeckte ihm zwar nicht, aber es half. Ihm war schon viel besser.

»Und dann?«, fragte Zondler weiter, »dann ist sie einfach so wieder aufgetaucht?«

»Ein bisschen merkwürdig war das schon. Ich kam abends heim von Stuttgart, ab und zu treff ich mich da mit einem alten Freund. Ich hab gleich gemerkt, dass sie da gewesen sein muss. Ihre Kleider waren weg, der Badezimmerschrank ausgeräumt, ihr Schreibtisch leer. Sie hatte wohl in einer Hauruckaktion alles eingepackt und die Zeit ausgenützt, als ich weg war. Hatte wohl keine Lust, mir über den Weg zu laufen. Mir war's ehrlich gesagt auch lieber so. Immerhin hat sie mir so was wie einen Abschiedsbrief hinterlassen.«

»Haben Sie den noch? Was stand drin Herr Schaich?«, fragte der Kommissar nach.

»Nein, den hab ich nicht mehr, das war nichts Weltbewegendes. Sie hat nur ein paar Zeilen auf ihrem Laptop geschrieben: Dass ich nun meinen Willen durchgesetzt hätte. Sie würde endlich ausziehen. Sie freue sich auf ein neues Leben auf Madeira, da hätte sie Freunde und die Chance, in ein Geschäft einzusteigen. Um meine Zukunft brauche ich mir keine Sorgen zu machen. Vorläufig bleibe alles beim Alten, sie übernehme weiterhin die Kosten fürs Haus plus zusätzlich eine kleine Summe für meinen Unterhalt, damit ich nicht verhungern müsse. Sie überweise mir regelmäßig Geld aufs Konto, damit würde ich gut zurechtkommen.«

»Das war aber sehr großzügig von Ihrer Frau, finden Sie nicht?«

»Doch, das hat mich auch sehr gewundert. Aber es hörte sich wirklich so an, als ob sie ein lukratives Angebot hätte, vielleicht was mit Immobilien oder so, da kannte sie sich immer schon gut aus. Oder sie hat ein neues Opfer gefunden und wurde deshalb großzügig. Mit Opfer meine ich einen neuen Liebhaber.«

»Und wie ist der Stand der Dinge zum jetzigen Zeitpunkt?«, wollte Zondler wissen.

»Meines Wissens lebt sie immer noch auf Madeira. Ich krieg jeden Monat zweitausend Euro auf mein Girokonto, und wenn mal was extra zu bezahlen ist, dann fax ich ihr die Rechnung und sie bezahlt. Es gab noch nie Probleme. Sonst halten wir keinen Kontakt. Weder sie noch ich wollen miteinander reden. Wir sind momentan beide mit dieser Regelung zufrieden.«

»Und Sie haben sie seither nie mehr gesehen oder gesprochen?«, fragte Aichele noch einmal genau nach.

»Nein – alles wird schriftlich erledigt. Ein-, zweimal haben wir auch telefoniert, aber irgendwie ist die Verbindung sehr schlecht, man versteht sich kaum.«

»Na gut, das war's dann auch schon Herr Schaich. Geben Sie uns bitte noch die Adresse von Ihrer Frau auf Madeira«, schloss Zondler das lange Gespräch und stand auf.

»Sie haben mir immer noch nicht gesagt, um was es überhaupt geht, Herr Kommissar«, wollte Schaich nun doch noch wissen.

»Ach, das gibt es so eine Geschichte in ihrer alten Gemeinde, gar nicht so wichtig«, beruhigte ihn Zondler. Er wollte nicht näher darauf eingehen. Herr Schaich hakte nicht nach, er schien mit seinen Gedanken bereits woanders zu sein. Nachdem sie die Adresse erhalten hatten, verabschiedeten sich die zwei Ermittler und verließen das Haus.

Wieder im Auto hing ein jeder erst mal eine Weile seinen Gedanken nach.

»Komisch ist das schon oder? Die Frau ward nicht mehr gesehen, das Geld läuft automatisch weiter und keiner scheint sie zu vermissen. Gut, dass der Mann ihr nicht nachweint. Aber der Mensch ist normalerweise nicht allein auf der Welt. So eine Bürgermeisterin, auch wenn sie nicht mehr im Dienst ist, hat doch sicher viele Verbindungen und Bekannte. Nicht zu vergessen die Freundinnen, die jede Frau hat. Seltsam ist das, meinst du nicht auch?«

»Find ich auch«, pflichtete Zondler bei. »Bin sehr gespannt, was bei den Ermittlungen auf Madeira rauskommt. Ich frag mich oft, warum die Leute nicht ordentlich miteinander reden können, bevor es zur Scheidung kommt. Die zwei hier scheinen sich nicht besonders nahe gestanden zu haben, Kinder sind auch keine da. Vielleicht ist es dann leichter, einen Schlussstrich zu ziehen?«

Seine Gedanken drifteten ab in die Vergangenheit zu einem Vorfall, an den er sich immer wieder beschämt erinnerte. Er war zusammen mit seiner damaligen Frau im Urlaub gewesen. Sie hatten sich damals schon nichts mehr zu sagen gehabt, viel gestritten, noch mehr geschwiegen und sich gelangweilt. Auch die schöne Landschaft um den Federsee konnte die Stimmung nicht aufhellen. Gleich nach dem Frühstück waren sie den langen Holzsteg hinausgelaufen, der um diese Zeit noch menschenleer war. Weit und breit niemand, nur Enten und Schwäne. Birgit war ganz angetan von dem Riedgras und ein paar dazwischen blühenden Blumen. Sie wollte unbedingt einen kleinen Strauß davon mitnehmen, um ihn zu Hause abzuzeichnen. Sie beugte sich weit vor und das Schilf setzte ihr wohl mehr Widerstand entgegen als sie dachte, oder die Holzplanken waren noch glitschig vom Morgentau. Jedenfalls rutschte sie aus, verlor das Gleichgewicht und stürzte ins moorige Wasser. Birgit konnte nicht schwimmen, war sowieso unsportlich und von jeher ungeschickt, was ihre Körperbeherrschung anging. Jeder andere hätte sich nach kurzem Erschrecken watend zum Holzsteg bewegt, nicht so Birgit. Sie schrie kurz auf und ging dann unter, kam wieder hoch. Sie paddelte wie wild im schlammigen Wasser und schluckte sicher eine gehörige Portion davon. Dann wurde es still und Zondler sah sie mit dem Gesicht nach unten auf dem Wasser liegen. Da wurde ihm bewusst, dass er schon viel zu lange gewartet hatte. Seine Gedanken flüsterten ihm zu: Lass sie einfach, es war ein Unfall, keiner wird dir das Gegenteil beweisen. Du wirst den ganzen Ärger los sein. Sie ist selbst schuld und hat es verdient.

Dann aber setzte sein Verstand oder was auch immer das war, wieder ein. Er legte sich auf den Bauch, griff im Wasser erst nach ihren Haaren, dann nach den Schultern. So zog er Birgit mit viel Mühe auf den Steg. Er rollte sie auf den Bauch. Da fing sie schon an zu husten und zu würgen. Gott sei Dank hatte sie jegliches Zeitgefühl verloren. Sie wusste nichts davon, wie lange sie im Moor gelegen hatte und wie schmal der Grat zwischen Leben und Tod gewesen war. Aber er wusste es, und er schämte sich. So ist das also, dachte er damals, so schnell ist man fähig, ein Leben auszulöschen. In jedem von uns steckt das.

Nach diesem Vorfall hatte die Ehe nicht mehr lange gehalten. Zondler trennte sich von seiner Frau. Es machte keinen Sinn, sich weiterhin einzureden, dass alles gut war. Sie waren beide feige gewesen und hatten sich nicht eingestanden, dass sie ein Leben führten, dass nur noch eine Farce war. Erst dieses drastische Erlebnis löste beim ihm den Mut zum Handeln aus. Allerdings hatte er Birgit nie davon erzählt, was bei dem kleinen Unfall in seinem Hirn herumgegeistert war. Er erlaubte sich deshalb auch kein Urteil über Herrn Schaichs Gefühle und Aussagen, wusste er doch inzwischen nur zu gut, dass wir alle Grenzgänger waren.

Die beiden Kommissare Zondler und Aichele zuckelten wieder die Alb hinunter. Anscheinend hatte sich Zondlers Magen inzwischen an die kurvigen Landstraßen angepasst, oder der Kamillentee hatte eine stark beruhigende Wirkung. Jedenfalls ging es ihm so gut, dass sie sogar noch am Fuße der Alb zum Mittagessen in ein Wirtshaus gehen konnten. Es war zwar noch ein bisschen früh, aber wer konnte schon wissen, ob sie in der Stadt noch dazu kommen würden. Außerdem stand eine Schiefertafel vor dem Lokal: »Heute Saure Nierle mit Bratkartoffeln!« Das kriegte man nicht so oft.

Für seine beginnende Gicht war das zwar nicht das Wahre wegen der Purine, die sich anscheinend in Innereien tummelten, aber so ganz genau nahm Zondler es nicht immer. So ab und zu ein Ausrutscherle wird mich schon nicht umbringen, dachte er sich.

Nachdem das Essen serviert worden war, machte sich Zondler gleich über seinen Teller her. Er war voll des Lobes über die zarten Nierle und vor allem die knusprigen Bratkartoffeln. Aichele musste schmunzeln. Er kannte wenige Menschen, die sich so wie sein Kollege Zondler über ein gutes Essen so rundheraus freuen konnten. Während der Mahlzeit unterhielten sie sich intensiv über den Fall und vor allem über die Ungereimtheiten bei den Schaichs.

»Blöd ist, dass wir keine Zahnbürste oder was auch immer von der Schaich mitnehmen konnten. Wenn da nix mehr im Haus ist. Du weißt schon, wegen dem DNA-Abgleich mit der Leiche«, sagte Aichele mit vollem Schnitzelmund.

Er hatte zum altbewährten Wiener Schnitzel mit Pommes und Salat gegriffen, da lag er selten falsch. Diesmal auch nicht, es schmeckte vorzüglich.

»Tja, kann schon sein, dass wir den Mann deshalb noch mal besuchen müssen, vielleicht liegt ja noch irgendwo eine alte Bürste oder irgendwas rum, in dem wir Material von seiner Ehefrau finden. So ganz ausgeschlossen ist es ja nicht, dass die Leiche im Grab die Exbürgermeisterin ist, schließlich hat man kein Wort mehr von ihr gehört, oder?«

»Und die Telefongespräche?«, gab Aichele zu bedenken.

»Ihr Mann hat gesagt, die Verbindung sei schlecht gewesen. Also kann er nicht sicher sein, dass sie es wirklich war, oder? Oder es war eine absichtlich schlechte Verbindung. Das kriegt man hin, wenn man will. Jetzt fahren wir erst mal heim und hören uns an, ob's was Neues aus der Pathologie gibt. Wir können uns auch etwas im Dorf umhören, was man da so von den Schaichs erzählt. Eine andere Spur haben wir bis jetzt nicht, also bleiben wir mal bei der Bürgermeistergeschichte. Also, diese Bratkartoffeln, ein Gedicht!«, sagte Zondler. Er fuhr mit dem letzten Rest Kartoffeln über den Teller, schob sich die Gabel in den Mund und strahlte wie ein kleines Kind. Aichele sah seinen Kollegen mit einer gewissen Bewunderung an. Der konnte mitten in einem Gespräch über ihren Fall einfach so die Bratkartoffeln loben. Auch er hatte sein großes Schnitzel geschafft. Sie tranken ihre Gläser aus und machten sich auf den Weg nach Stuttgart.

Im Auto war es auf angenehme Art still. Zondler streifte seinen jungen Kollegen mit einem zufriedenen Seitenblick. Aichele war der beste Assistent, den er jemals gehabt hatte. Seit drei Jahren arbeiteten sie nun zusammen und ergänzten sich wunderbar. Mit den vielen Dienstjahren wird man etwas abgeklärter, dachte er bei sich. Abgestumpft wäre wirklich das falsche Wort dafür. Aber man wird ruhiger und man überdenkt vieles länger. Wenn dann so ein junger aufstrebender Kriminalbeamter frisch von der Ausbildung kommt, dann kann das ungemütlich werden und zu großen Diskussionen führen. Zondler hatte schon so manchen Besserwisser im Lauf der Jahre einen Gang runterschalten lassen. Bei Aichele war das nicht nötig gewesen. Der war zwar sehr intelligent und motiviert, ließ aber Studium und neueste psychologische Seminare und dergleichen nie raushängen oder spielte sich damit auf. Sie respektierten sich gegenseitig, ja sie mochten sich sogar. Die Chemie stimmte einfach. Bei Befragungen kam Aichele immer besonders sympathisch rüber. Er hatte sozusagen das liebste Schwiegersohn-Gesicht, wirkte harmlos und kumpelhaft. Bei den Frauen hatte er eh einen Schlag, vor allem bei den etwas reiferen. Aber innen drin konnte er auch ein harter Hund sein, wenn er eine Spur verfolgte. So ergänzten sie sich auf geradezu ideale Weise.

Im Polizeipräsidium herrschte mittägliche Stille. Entweder arbeiteten alle ruhig vor sich hin oder waren noch in der Kantine zum Essen. Zondler ließ sich mit einem Seufzer auf seinen Bürostuhl fallen, der gefährlich nach unten sackte. Der Morgen war zwar nicht richtig anstrengend gewesen, aber doch ermüdend. Er schrieb seinen Bericht über das Gespräch mit Herrn Schaich und griff dann zum Telefonhörer, um den Pathologen anzurufen. Spätestens jetzt müsste der doch wieder in seinen Katakomben sein.

»Hallo Doktor Holzinger, wie schaut's aus. Haben Sie mir was Neues zu unserer Friedhofsleiche?«

»Ah, der Herr Kommissar. Es gibt tatsächlich gute Nachrichten. Ich hab Ihnen doch gesagt, dass wir mittels der Zähne noch Nachforschungen anstellen würden. Nach der kurzen Zeit im Grab sind die fast noch wie neu und den Zahnarzt Ihrer infrage kommenden Person hat mir Ihre Sekretärin, die Frau Wiesner, heut ausfindig gemacht. Die Bilder sind schon bei ihm und ich glaub, die Ergebnisse kommen vielleicht heut noch.«

»Und wie schaut's mit der Todesursache und dem genauen Todeszeitpunkt aus?«

»Genau eingrenzen kann ich das mit dem zeitlichen Abstand nicht. Aber ich würde schätzen, dass die Frau seit ungefähr fünfzehn bis achtzehn Monaten in diesem Grab liegt. Umgebracht wurde sie allerdings woanders und anschließend in den Sarg gelegt. Ja, und die Todesursache, das ist dann schon ein bisschen schwieriger. Eigentlich ist die Tote sozusagen zwei Mal gestorben. Einerseits hat sie einen Schlag gegen den Kopf gekriegt, der sie sofort das Leben gekostet hat. Und wenn wir nicht so genau hinschauen würden, dann wär uns das andere gar nicht aufgefallen!«

»Sie machen's heut aber schwer spannend. Und was ist dieses ›Andere‹?«, warf Zondler dazwischen.

»Tja, ab und zu muss man sich auch mal selber loben. Ich hab trotz der eindeutigen Kopfwunde eine toxikologische Untersuchung durchgeführt und dabei festgestellt, dass das Opfer bis oben voll war mit Quecksilber. Genau gesagt, sie hat über mehrere Jahre Quecksilber gespeichert und das sicher nicht freiwillig. Sie wär also auf jeden Fall in absehbarer Zeit gestorben. Deshalb sagte ich zwei Mal, verstehen Sie?«

»Das ist ja ein Ding. Merkt man so etwas denn nicht? Die Tote war doch sicher auch ab und an beim Arzt, zu Lebzeiten, versteht sich.«

»Tja, eigentlich kommt Quecksilber erst im Körper vor, wenn wir beispielsweise Amalgamfüllungen in den Zähnen haben. Die waren in letzter Zeit sehr umstritten, sind aber an sich nicht so gefährlich. Auf jeden Fall können normale Zahnfüllungen nicht zum Tode führen, sonst würde es die überhaupt nicht geben. Da muss schon erheblich mehr in den Körper gelangen, damit das schlussendlich zum Tode führen kann. Weil unser Opfer aber keine Bergarbeiterin war oder in einer Müllverbrennungsanlage gearbeitet hat, denn an solchen Orten kann es zu einer höheren Belastung kommen, bleibt uns nur die Möglichkeit, dass die Tote systematisch mit hohen Quecksilbergaben vergiftet wurde. Ich schlage vor, das Gebiss noch einmal gründlich zu untersuchen, außerdem werde ich mir Gehirn, Leber und Nieren, soweit noch erhalten, genauestens vornehmen, dort sind wahrscheinlich die größten Ablagerungen vorhanden.«

»Wenn die schon über eine so lange Zeit vergiftet wurde, dann hat sie doch sicher irgendwelche Symptome gehabt. Was können Sie mir denn dazu sagen, Herr Holzinger?«, hakte der Kommissar nach.

»Also richtig gesund hat sie sich bestimmt nicht gefühlt. Wahrscheinlich hatte sie Gliederschmerzen, oft Kopfweh, Entzündungen im Mund und möglicherweise auch Verdauungsstörungen. Im Endstadium ist der Betroffene dann erhöht reizbar, unkonzentriert. Oft kommt ein sehr auffälliges Zittern der Extremitäten hinzu. Wir werden sehen, wie weit dieser Prozess bei unserer Toten schon vorangeschritten war. Wissen Sie denn, wer der Hausarzt war? Dort sollte man auf jeden Fall die Krankenakte einsehen.«

»Machen wir, keine Sorge. Na dann, vorerst vielen Dank und weiterhin frohes Schaffen!«

»Naja, i glaub net, dass sie mit mir tauschen wollen. Oder? I hab da grad no andere schöne Sacha in Arbeit«, fiel Holzinger ins Schwäbische.

»Lieber nicht, aber danke fürs Angebot«, bedankte sich Zondler. Er grinste vor sich hin und legte auf. Dieser Holzinger ist schon ein schräger Vogel, dachte er, aber anders kann man den Job wohl nicht machen, für mich wär's nix. Wenn ich da bloß an mein Magen denk.

Der Nachmittag verging mit allen möglichen Schreibarbeiten, die sich angesammelt hatten. Das musste auch mal erledigt werden. Da war so vieles, was sozusagen nur über seinen Schreibtisch wanderte. Ein Blick darauf, dann Einschätzung.

Weiter an eine Abteilung, zurück zur Staatsanwaltschaft. Im schlimmsten Fall blieb die Akte auf seinem Tisch, denn er musste Ermittlungen einleiten. Kurz vor fünf Uhr klingelte sein Telefon. Die Zahnärztin von Frau Schaich war in der Leitung. Die Polizei sei an sie herangetreten mit der Frage, ob sie sich Röntgenbilder eines Gebisses anschauen würde, um festzustellen, ob diese Person eine Patientin von ihr gewesen sei. Das habe sie natürlich als guter Bürger sofort gemacht und auch leider Erfolg gehabt. Sie berichtete von einer vollständigen Übereinstimmung der Fotos mit ihren Unterlagen von der Patientin Yvonne Schaich. Es sei definitiv dasselbe Gebiss. Somit war Yvonne Schaich eindeutig identifiziert als die Tote im Grab auf dem Dorffriedhof.

Kommissar Zondler schloss die Akten mit einem energischen Knall, dann fuhr er den Computer herunter. Er dachte an seinen Feierabend. Mal die Arbeit Arbeit sein lassen. Vielleicht schaffte er das heute ja mal. Oft verfolgten ihn seine Fälle bis zum nächsten Morgen. Dieser Schaich-Fall hatte eigentlich nichts Dramatisches oder besonders Tragisches. Das war nur ein Fall. So etwas konnte er inzwischen ganz gut ausblenden und den Feierabend ohne Gedanken ans Büro genießen. Aber sein Rücken schmerzte vom langen Sitzen und der Nacken war total verspannt. Er brauchte dringend Bewegung. In seinem Büroschrank lag die Sporttasche und wartete auf ihren Einsatz. Das letzte Mal vor einer guten Woche war er grade unterwegs zum Fitnessstudio gewesen, als das Telefon klingelte und er zu einer Besprechung zum Chef gerufen wurde. Seither hatte er den Gedanken an körperliche Betätigung weit nach hinten gedrängt.

Spaß machte ihm das Training sowieso nicht. Im Sportstudio saßen sich die vorwiegend älteren Leute meistens stumm im Zirkeltraining gegenüber. In der Mitte blubberte eine Wassersäule und alle sechzig Sekunden, wenn die Blubberblasen kurzfristig aussetzten, wechselten die Teilnehmer ihre Trainingsgeräte. Sozusagen so, wie im Thermalbad die Massagedüsen gewechselt wurden. Nur, dass man hier auch noch Gewichte stemmen musste. Noch schlimmer war für Zondler das Ausdauertraining. Da saß er dann seinem Eindruck nach ewig lange auf seinem Fahrrad und kam doch keinen Meter vorwärts. Statt Strom zu erzeugen, brauchte das Ding auch noch welchen. Völlig daneben, für sein Empfinden. Oder ein paar Leute hingen in einer Traube um ein Fitnessgerät, tratschten und blockierten dieses für andere Besucher. Seltsamerweise waren das immer Männer, Frauen trainierten viel konsequenter und rücksichtsvoller.

Aber was half's, irgendwie musste er sich halbwegs fit erhalten, der Dienst verlangte ein Mindestmaß und außerdem kam er langsam in die Jahre. Man sah ihm an, dass er gutes und deftiges Essen liebte. Frauen mögen zwar einen kleinen gemütlichen Bauch, keineswegs aber eine richtige Wampe. Er war auf dem besten Weg dahin.

Momentan war Zondler allerdings solo. Seine letzte Freundin war nicht mit seinen schwierigen Arbeitszeiten zurechtgekommen. Das mit seiner Ehe war schon so lange her, für ihn irgendwie schon vergessen oder auch verdrängt. Anscheinend war er nicht beziehungsfähig, wie man das heute nannte. Dabei wünschte er sich wirklich nichts mehr, als jemanden, zu dem er nach einem langen Arbeitstag nach Hause kommen konnte. Mit solchen melancholischen Gedanken beschäftigt, schnappte er sich die vermaledeite Sporttasche und verließ sein Büro. Auf dem Parkplatz standen nicht mehr viele Autos, die meisten hatten bereits Feierabend gemacht. Zondler setzte sich in seinen Golf und fuhr los Richtung Sportstudio. In seinem Innersten hoffte er, dass vielleicht wieder das Telefon klingeln würde.

Im Studio war es ziemlich voll und es roch auch so. Aber nach einer halben Stunde hatte sich Zondler mit seinem Schicksal abgefunden, nach einer weiteren fühlte er sich merklich wohler. Als er nach dem Training unter der Dusche stand, pfiff er unbewusst vor sich hin und verließ dann federnden Schrittes die Stätte seiner sportlichen Betätigung. Warum nur ist es vorher immer so schwer, wenn ich doch weiß, dass es mir hinterher viel besser geht, sinnierte er noch vor sich hin. Unterwegs kaufte er kurz ein paar Sachen im Supermarkt ein und kochte sich zu Hause ein einfaches Nudelgericht. Spaghetti aglio et olio. So etwas ging nur am Abend. Aber er liebte diese Einfachheit der italienischen Küche. Diese Rezepte, zu denen so wenige Zutaten notwendig waren, aber dann doch so wunderbar schmeckten. Ein bisschen klein gehackter Knoblauch, Olivenöl in die Pfanne, vielleicht noch eine klein gehackte Zwiebel. Ganz nach Laune und Geschmack. Dazu die gekochten Spaghetti, das Ganze kurz durchmischen. So schnell wie möglich in den Teller und Parmesan drauf. Herrlich! Mit seinem dampfenden Teller setzte er sich in seinen Sessel vor den Fernseher. In der Landesschau wurde über den merkwürdigen Leichenfund in der kleinen Gemeinde berichtet. Die Identität des Toten war seitens der Polizei noch nicht bekannt gegeben worden, also wurde dazu nichts gesagt. Man sah die Hinterbliebenen der Frau Häberle, die Augen tupfend vorm leeren Grab standen. Dann wurde der Totengräber interviewt, der lange und ausufernd im schönsten Honoratiorenschwäbisch beschrieb, wie er gebaggert hatte. Dann kam noch Bürgermeister Walter ins Bild, der sich keinen Reim auf diese unangenehme und schmerzhafte Sache machen konnte. Noch ein paar Bilder vom Abtransport der Särge und das war es dann. Zondler beschloss, noch auf ein Bier in seine Stammkneipe zu gehen. Er wunderte sich ein wenig über seinen Meinungsumschwung. Als er die Spaghetti gekocht hatte, war noch kein Gedanke an Kneipe gewesen. Nun gut, mit seinem Knoblauchgeruch würden die jetzt leben müssen, dachte sich der Kommissar. Draußen auf der Straße war nur wenig Verkehr. Von seiner Wohnung aus waren es nur wenige Hundert Meter zum »Hoorschlotzer«. Vielleicht war es der eigenwillige Name der Kneipe gewesen, der ihn damals gleich angezogen hatte. Die Nähe zu seiner Wohnung natürlich auch. Als er die Gaststube betrat, sahen ihm die bekannten Gesichter entgegen. Es tat gut, nach einem solchen Tag so was wie Daheim zu erleben. Heute war mächtig viel los, alle Tische waren besetzt. An der Theke fand sich grade noch so ein Plätzchen für ihn.

»Was isch denn heut bei dir los, Karle?«, fragte er den Wirt, Karl Schwetzner, der in ungewohnter Schnelligkeit Bier zapfte.

»Des isch die Nordic-Walking-Gruppe, dia hen a größers Fescht und außerdem an Mordsdurscht vom Laufa!«, entgegnete ihm der Wirt, ohne vom Zapfhahn aufzublicken.

Zondler drehte sich um. An einem langen Tisch saß eine bunte Truppe, Weiblein und Männlein gemischt. Er taxierte die Einzelnen. Da war alles dabei von nicht mehr ganz jung bis schon ziemlich alt. Insgesamt sahen diese Walker alle recht fit aus. Überhaupt die eine mit dem grünen T-Shirt und dem roten Kurzhaarschnitt. Vielleicht bleib ich heut noch ein Bier länger, dachte Zondler.

Guten Morgen Aichele!«, schmetterte Zondler am nächsten Tag mit ungewohnter Energie ins Zimmer.

»Frisch ans Werk, heut haben wir eine Menge vor! Wir werden nach Glückhausen fahren und den Rathäuslern mal etwas auf den Zahn fühlen. Irgendwie ist die Sache mit der Schaich doch nicht sauber. Es muss Hintergründe geben, sei's während ihrer Amtszeit oder hinterher oder in ihrem Privatleben. Also los, schnapp dir die Autoschlüssel und auf geht's!«

Gesagt, getan – Aichele ließ sich vom Tatendrang seines Chefs anstecken und sprang hoch. Keine fünf Minuten später saßen sie im Dienstwagen und fuhren auf der Bundesstraße 10 in Richtung Glückhausen. Es war nicht sehr weit, nach einer halben Stunde hatten sie ihr Ziel erreicht.

Das Rathaus lag mitten im Ort. Es war ein schon älteres, vernachlässigt aussehendes Gebäude. Aber offensichtlich wurde gerade mit den Renovierungsarbeiten begonnen, denn Teile davon waren eingerüstet und die Parkplätze knapp wegen der Handwerkerautos. Aichele fand schließlich noch ein freies Plätzchen und quetschte den Passat hinein. Sie gingen durch den Hintereingang ins Rathaus und meldeten sie sich bei der Sekretärin des Bürgermeisters an.

Diese teilte ihnen mit, dass Bürgermeister Walter leider nicht im Hause sei. Er sei bei einer achtzigjährigen Jubilarin aus dem Dorf und überbringe die Glückwünsche der Gemeinde. Erfahrungsgemäß könne das länger dauern. Da gäbe es meistens Butterbrezeln, Sekt und der Bürgermeister werde genötigt, möglichst lang zu bleiben und ordentlich zuzugreifen. Vielleicht könne der Hauptamtsleiter Egelsberger den Herren von der Polizei behilflich sein? Soviel sie wisse, sei der in seinem Büro.

Frau Unger war in ihrer Hilfsbereitschaft fast nicht mehr zu bremsen. Zondler bedankte sich und fragte dann, ob sie eigentlich schon lange auf dem Rathaus sei und auch schon für die Amtsvorgängerin gearbeitet habe.

»Leider nein«, sagte Frau Unger, sie sei erst seit knapp anderthalb Jahren da. Sie habe gleichzeitig mit dem Bürgermeister Walter angefangen. Die alte Sekretärin, die Frau Hinz, sei damals recht plötzlich ausgeschieden und habe vorzeitige Rente beantragt, die habe wohl nicht mehr wollen.

Zondler und Aichele ließen sich noch den Weg zum Hauptamtsleiter weisen und verabschiedeten sich dann. Auf dem Türschild mit der Nummer sieben im ersten Stock stand: Stefan Egelsberger, Hauptamtsleiter. Aichele klopfte an und nach einem »Herein« traten die zwei Kommissare in eine typische alte Amtsstube mit überfülltem Schreibtisch. Dahinter saß mit Lesebrille auf der Nase ein Mann von etwa Mitte vierzig, der sich als Egelsberger vorstellte. Die Sekretärin hatte die Polizisten bereits durchs Haustelefon angekündigt. Er stand auf und reichte den Besuchern zur Begrüßung die Hand.

»Wie kann ich Ihnen helfen?«, richtete der Beamte seine Frage gleichzeitig an beide Herren.

»Grüß Gott, Herr Egelsberger, mein Name ist Zondler und das ist mein Kollege Aichele. Wir sind die ermittelnden Beamten im Fall der Friedhofsleiche. Tut mir leid, wenn wir Sie in sicher wichtigen Geschäften stören müssen, aber wir brauchen einige Auskünfte von Ihnen.«

»Aber selbstverständlich, ich helf so gut ich kann. Ich bin zwar grad dabei, den Bericht von der letzten Gemeinderatssitzung ins Internet zu stellen, aber das muss halt warten. Sie glauben gar nicht, was das in letzter Zeit für ein Theater mit der Öffentlichkeitsarbeit ist. Alles soll transparent sein und jeder will über alles Bescheid wissen! Die Leut wissen gar net, wie viel Arbeit sie einem damit machen und für was eigentlich?«

Egelsberger fing grade an, sich richtig warm zu reden.

Zondler merkte, dass das wohl ein Dauerthema bei ihm war. Schnell nutzte er eine kleine Luftholpause und sagte:

»Ja das ist sicher eine schwierige Angelegenheit, für die man Fingerspitzengefühl braucht. Aber wir hätten da einige Fragen zu ihrer ehemaligen Bürgermeisterin, der Frau Schaich. Waren Sie damals schon im Rathaus während ihrer Amtszeit?«

»Ich bin schon seit fast zwanzig Jahren hier im Amt. Ja, die Frau Schaich hab ich während ihrer gesamten Zeit in Glückhausen über mir gehabt.«

»Also, Herr Egelsberger, es ist nämlich so: Die Tote auf dem Friedhof, diejenige, die nicht ins Grab reingehört hat, die ist inzwischen zweifelsfrei als Ihre ehemalige Bürgermeisterin identifiziert worden.«

Egelsberger wurde blass um die Nase und hielt sich am Schreibtisch fest.

»Oh, aber, die Frau Schaich hat doch gar nicht mehr hier gewohnt. Die ist doch nach ihrem Rücktritt weggezogen und wollte nie wieder einen Fuß nach Glückhausen setzen. Wie kommt die jetzt auf oimol … Ich muss mich glaub hinsetzen.«

»Tun Sie das, Herr Egelsberger. Für uns haben Sie vielleicht auch einen Stuhl, denn das dauert jetzt ein Weilchen.«

»Selbstverständlich, Herr Zondler, nehmen Sie bitte Platz.«

»Sie sagten, Frau Schaich sei zurückgetreten. Das ist doch recht ungewöhnlich für einen Bürgermeister, oder?«

»Ja, das ist es, aber sie hatte ja bereits zwei Amtsperioden hinter sich. Das heißt, sie war gut abgesichert für ihre Pensionszeit. Das Aufhören begründete sie mit ihrem Gesundheitszustand, ihre Nieren und die Leber waren wohl angegriffen. Ein Arzt hatte ihr dringend geraten, kürzerzutreten. Wir hatten hier im Dorf auch einige Querelen. Irgendwann hat Frau Schaich dann schließlich die Nase vollgehabt und beschlossen, nur noch an sich und ihre Zukunft zu denken. Sie wollte eh keine dritte Amtsperiode mehr antreten. So hat sie dann halt noch etwas früher aufgehört. Das wurde auch allgemein akzeptiert.«

»Um was ging's denn da bei diesen ›Querelen‹?«

»Das Übliche halt. Wie immer, wenn es zu viele Seilschaften gibt. Wissen Sie, das ist grundsätzlich so, wenn man ein öffentliches Amt bekleidet. Es wurde von Immobiliengeschäften gemunkelt und von Bauträgern. Sie habe ihre Position ausgenützt, um sich Vorteile zu verschaffen und sich mehr damit beschäftigt als mit ihren Amtsgeschäften.«

»War da was dran?«, fragte Aichele dazwischen.

»Da kann ich nichts dazu sagen, ich hatte nicht in alles Einblick. Aber sie hatte viele Freunde in den örtlichen Vereinen und war mit fast allen per Du. Das hat den andern wohl nicht so gefallen. Der Neid ist ein großes Thema in so einem kleinen Dorf, da wird genau hingeschaut, wie intim man mit dem Schultes ist.«

»Hm. Und wie war das, als sie aus Glückhausen weggezogen ist? Hatten Sie da noch Kontakt mit ihr oder ihrem Mann? Können Sie sich noch erinnern, wann Sie sie zum letzten Mal gesehen haben?«

»Da muss ich überlegen, das ist schon ewig her. Wir haben uns noch zwei, drei Mal gesehen beim Tennisspielen. Wissen Sie, wir waren hier im gleichen Club. Sie ist dann mit ihrem Mann auf die Alb gezogen, ich glaub nach Kreenheinstetten. Ab da ist der Kontakt dann abgebrochen. Es hat dann geheißen, die Ehe sei auseinandergegangen und Frau Schaich wäre irgendwohin in den Süden gezogen, aber ob das noch stimmt, keine Ahnung. Ich weiß das nur vom Hörensagen, was man halt so schwätzt im Clubhaus. Nach ein paar Wochen waren die Schaichs auch kein Thema mehr.«

»Sind Sie gut mit der Frau Schaich ausgekommen, Herr Egelsberger?«, wollte Zondler noch wissen.

»Ja doch, sie war ganz umgänglich. Manchmal ein bisschen von oben herab, und wenn sie keine Lust hatte, sich unbeliebt zu machen, dann hat sie gern mir eine Arbeit zugeschoben. Das hat mich dann zwar geärgert, aber was soll man machen, schließlich war sie mein Chef und ich musste ihre Weisungen befolgen.«

»Wie meinen Sie das jetzt genau?«

»Naja, manchmal waren da halt so schwierige Entscheidungen, oder man hat auch was ein bissle länger liegen lassen. Das hab ich dann halt auf meine Kappe genommen, auf Wunsch von Frau Schaich.«

»Aha, Sie wären also das Bauernopfer gewesen, wenn's eng geworden wäre, versteh ich das richtig?«, bohrte Zondler nach.

»Kann schon sein, aber mir ist nix anderes übrig geblieben. Die Frau Schaich hatte da schon ganz genaue Vorstellungen«, sagte der Hauptamtsleiter etwas kleinlaut.

»Das war's fürs Erste, vielen Dank Herr Egelsberger. Wenn Sie uns dann bitte noch eine Liste der Mitarbeiter im Rathaus und ferner die Adressen und Namen der Gemeinderäte geben könnten. Ach ja und vielleicht noch ihre wichtigsten Kontakte. Sie sagten, sie war aktiv im Tennisclub, gab's da noch mehr?«

»Naja, sie war eigentlich überall dabei, Feuerwehr sowieso, dann noch im Golfclub, aber der ist nicht in Glückhausen. Sonst ist sie halt bei jedem Fest aufgetaucht und hatte überall gute Bekannte. Übrigens meistens ohne ihren Mann, der mochte die Öffentlichkeit nicht so.«

»Also, das schreiben Sie uns bitte alles genau auf, wir schauen dann am Spätnachmittag wieder vorbei und holen die Liste ab. Vielen Dank vorerst und auf Wiedersehen.«

Aichele und Zondler standen auf und verließen das Büro. Der Hauptamtsleiter fuhr sich mit beiden Händen durch die Haare und putzte dann gedankenverloren seine Brille. Mit dem Bericht von der Gemeinderatssitzung im Computer würde es vorerst nichts werden, das war klar. Dabei würde er das jetzt liebend gern machen. Die neue Aufgabe erschien ihm weit brenzliger zu sein. Die Schaich war tot. Hoffentlich kam er da in nix rein.

Egelsberger griff zum Telefon und tippte eine Nummer ein. Nachdem es fünfmal geklingelt hatte, wurde am anderen Ende das Gespräch angenommen.

»Egelsberger hier, wir sollten uns treffen. Grad eben war die Kripo im Rathaus und hat verkündet, dass der unbekannte Tote auf dem Friedhof unser alter Bürgermeister ist. Quatsch, nicht der Vorletzte, dem geht's prächtig, soviel ich weiß, nein, die Schaich ist es. Nicht der Tote also, sondern die Tote. Ich bin grad a bissle durcheinander, tut mir leid. Also, die Leiche in dem Grab ist weiblich und es ist eindeutig unsere Exbürgermeisterin.«

Für eine Weile war es ruhig.

»Es wär vielleicht gut, ein paar Dinge von früher zu besprechen. Bestimmt wird seitens der Polizei in der Vergangenheit gegraben. Da war nicht nur ich dabei. Also müssen wir uns absprechen. Ja gut, das geht, bis später dann.«

Egelsberger legte auf, er hatte kein gutes Gefühl, wenn er an die Geschichte dachte. Nein, gar kein gutes Gefühl.

Die beiden Kriminalbeamten schlichen sich leise von der Bürotür weg, vor der sie unauffällig verweilt und gelauscht hatten.

Vor dem Rathaus sagte Zondler über die Schulter zu Aichele:

»Schad, dass wir nicht hören konnten, wen er auf einmal

so dringend anrufen musste. Aber nervös war er, der Herr Egelsberger. Wir werden schon dahinterkommen, was das für geheimnisvolle Dinge von früher sind. Als Nächste nehmen wir uns die alte Sekretärin vor. Wie hieß die noch mal, Aichele, weißt du des noch?«

»Hinz war der Name. Warte, ich geh noch mal kurz rein und frag nach, wo sie wohnt.«

Aichele verschwand abermals im Rathaus, erkundigte sich bei Frau Unger nach der Adresse der ehemaligen Chefsekretärin. Nach wenigen Minuten kehrte er mit der Nachricht zurück, dass selbige noch im Ort wohne und wahrscheinlich daheim mit Enkel hüten beschäftigt sei.

So war es dann auch, schon von Weitem hörten sie Kinderlärm und dazwischen eine Frauenstimme, die »Morgens früh um Sechs, kommt die kleine Hex« deklamierte. Frau Hinz war eine etwas füllige Frau in den Sechzigern, die durchaus fit und lebensfroh wirkte. Sie bat die Herren auf ihre Terrasse, nachdem sie zuerst gründlich deren Ausweise studiert hatte. Die zwei Enkelmädchen im Alter von vielleicht vier und sechs Jahren bekamen einen Teller mit Keksen und zwei Becher mit Limo. So ausgerüstet, zogen die beiden ab, um in einer Weidenhütte ein Picknick für ihre Plüschtiere zu veranstalten.

»Also, Frau Hinz, wir wären Ihnen dankbar, wenn Sie uns ein paar Auskünfte über Ihre damalige Chefin, die Frau Schaich, geben könnten. Die Frau Wiesner hat uns erzählt, dass Sie ziemlich lange auf dem Rathaus gearbeitet haben.«

»Ja, das habe ich wirklich. Aber ich möchte doch erst mal wissen, um was es eigentlich geht. Ist was mit der Frau Bürgermeisterin? Sie wohnt ja schon lang nicht mehr in Glückhausen und ich hab auch keinen Kontakt mehr mit ihr. Hat sie was angestellt?«

»Wie kommen Sie darauf?«

»Naja, da war ich wohl zu voreilig, ich dachte nur so …«

»Würde das zu ihr passen, etwas anstellen?«

»So hab ich das nicht gemeint, aber es könnte ja sein, man weiß ja nie«, versuchte Frau Hinz das Ganze zu mildern.

Zondler dachte, es wäre wohl das Beste, Frau Hinz in das Nötigste einzuweihen. Also erzählte er ihr so wenig wie möglich über den Fund im Häberle-Grab und die Identität der Toten.

»Oh Gott, wie furchtbar! Das hat sie nicht verdient. Und der arme Herr Schaich – was muss das für ein Schock gewesen sein! Obwohl, die waren ja auseinander, aber trotzdem. Schließlich waren sie viele Jahre miteinander verheiratet, das verbindet, egal, was sonst ist.«

»Was war denn sonst?«, setzte Aichele nach.

»Naja, man soll ja nix Schlechtes sagen, aber die Frau Schaich war schon recht speziell. Sie sah gut aus und so eine Bürgermeisterin hat auch eine gewisse Anziehungskraft durch ihre Stellung. Das wusste sie bei den Herren der Schöpfung ganz geschickt zu nutzen. Sehr diskret, versteht sich. Aber ich hab schon so manches mitgekriegt im Büro. Bei mir hat sie sich auch nicht so in Acht genommen, ich gehörte gewissermaßen zum Mobiliar.«

»Sie sagen also, dass sie Liebschaften hatte. Wusste ihr Mann davon?«

»Ja, ich denk schon. Aber er hat's gemacht wie viele: Augen zu und durch. Ist ja auch nicht einfach zuzugeben, dass man betrogen wird. Ich glaub, dass sein Geschäft – er hat so ein Grafikbüro – nicht besonders gut lief, also war er auch ziemlich abhängig von ihr. Wahrscheinlich hat er für sich beschlossen, sein eigenes Leben zu leben und ihre Eskapaden nicht zur Kenntnis zu nehmen. Soviel ich weiß, war auch nie was Ernstes dabei, nur so schnelle Bettgeschichten.«

»Interessant. Frau Hinz, können Sie uns auch ein paar Namen nennen?«

»Könnte ich vielleicht schon, manche sind auch nur Vermutungen. Aber eigentlich will ich niemand in Schwierigkeiten bringen. Verstehen Sie mich nicht falsch, Herr Zondler, aber das ist hier ein Dorf und jedes Dorf ist ein Tratschflecken. Die Herren waren meistens verheiratet und teilweise Honoratioren aus dem Gemeindeleben. Wenn da ein Wort zu viel fällt, gibt's einen Skandal.«

»Das ist sehr löblich von Ihnen, Frau Hinz, dass Sie so diskret sind. Aber Erstens geht es hier um Mord, da ist Schluss mit Diskretion und Rücksichtnahme. Zweitens versprech ich Ihnen, dass Ihr Name nicht fällt. Außerdem wollen wir selber so wenig Staub wie möglich aufwirbeln. Versprochen.«

»Wenn's denn sein muss. Also da war auf jeden Fall mal was auf einem Gemeinderatsausflug. Ich hab selbst gesehen, wie sie Händchen gehalten hat mit dem neuen Verwaltungsfachangestellten Zimmermann. Das war am späteren Abend, als alle schon ordentlich was intus hatten. Sie glauben gar nicht, wie trinkfest unsere Herren hier sind. Dann wird noch gemunkelt, dass sie was mit dem Mann der Frau Brenner hatte, die ist Gemeinderätin bei den Freien Wählern. Ja, und im Tennisclub würde ich mich an Ihrer Stelle auch umhören, da ist des Öfteren reger Wechsel.«

»Hm. Ein bewegtes Leben. Was meinen Sie, Frau Hinz, hatte Frau Schaich dadurch Feinde? Was ist mit den Ehefrauen? Gab es keine Eifersuchtsdramen im Ort?«

»Nach außen jedenfalls nicht, da wurde höchstens mal gelästert. Aber ich hab nie was von Anfeindungen gehört oder gemerkt. Also, wenn Sie beispielsweise Drohbriefe ans Rathaus meinen oder so. So etwas ist in meiner Zeit nicht vorgekommen.«

»Und sonst? Was war sie für ein Mensch? War sie beliebt bei den Bürgern? Wie sagt man so schön: Konnte sie mit den Leuten?«

»Sagen wir mal so, bei ihren Freunden, vor allem mein ich damit Geschäftsfreunden, war sie sehr beliebt. Aber wenn ihr einer in die Quere kam, konnte Frau Schaich sehr ungemütlich werden. Manchmal ehrlich gesagt sogar richtig rachsüchtig und fies. Ich kann mich nicht beklagen, zu mir war sie immer höflich. Aber manchmal war's schon schlimm, wie sie jemanden behandelt hat, bloß weil derjenige nicht gerade so wollte wie sie.«

»Zum Beispiel?«

»In Gemeindeangelegenheiten halt, beispielsweise bei Grundstückssachen oder bei Abstimmungen. Sie hat schon alles versucht, um ihren Weg durchzusetzen.«

»Frau Hinz, wir wären Ihnen sehr dankbar, wenn Sie sich Gedanken machen könnten, wem die Frau Schaich so auf den Schlips getreten ist, dass er sie beseitigen wollte. Wer hatte Grund für so viel Wut und Aggression?«

»Ja, da muss ich schon eine Weile drüber nachdenken, ich hab keine Einsicht in sämtliche Akten gehabt. Es ist auch schon fast zwei Jahre her. Aber ich werde mein Möglichstes tun«, versprach die Sekretärin.

Aichele und Zondler erhoben sich und Frau Hinz begleitete sie zum Gartentor. Auf dem kurzen Weg lobten sie noch die schöne Gartengestaltung und die Blumenpracht. Überall blühte es in den schönsten Farben. Ein fast sinnlicher Duft erfüllte den Garten. Auch die Weidenhütte, in der auf einer Holzbank aufgereiht ungefähr zwanzig Pferde, Hasen, Frösche, Bären und Puppen auf ihre Bewirtung warteten, war etwas Besonderes. Die zwei kleinen Mädchen waren immer noch in ihr Spiel vertieft und rührten gerade Kakao aus einer unappetitlichen Matsche aus Wasser und Dreck an. Für ihre Kuscheltiere nur das Beste.

Im Auto schwiegen die Kriminalbeamten wieder erst einmal eine ganze Weile. Sie ließen sich die Aussage von der Sekretärin durch den Kopf gehen. Aichele hatte den alten Passat einmal ihre Denkfabrik genannt, was gar nicht so abwegig war. Schließlich verbrachten sie viel Zeit darin und die wurde zum Rekapitulieren genutzt. Inzwischen verzweigte sich der Fall zusehends. Es galt, den Andeutungen und Hinweisen in die verschiedenen Richtungen nachzugehen. Die Schaich war wohl mehr Leuten ein Dorn im Auge gewesen, als sie ursprünglich angenommen hatten. Offensichtlich hatte sie ihre Position als Bürgermeisterin in allen Lebensbereichen ausgenützt. Sei es bei den Männern oder auch im Amt. Dabei hatte sie wohl eine stattliche Anzahl an Neidern oder Feinden gesammelt.

Die Kirchturmuhr schlug halb eins, Zeit zum Mittagessen. Sie fuhren ins örtliche Gasthaus und setzten sich an einen freien Platz neben dem runden Stammtisch. Erfahrungsgemäß füllte dieser sich in jedem Dorf um die Mittagszeit mit den immer gleichen Leuten, die über alles Bescheid wissen und aktuelle Ereignisse besprachen. Zondler erhoffte sich sozusagen ein paar Brosamen von dieser Informationsbörse.

Sie studierten die durchweg schwäbische Speisekarte und wählten beide das Tagesessen: überbackene Maultaschen mit gemischtem Salat, dazu bestellten sie ein Radler. Es schmeckte ganz hervorragend, die Maultaschen waren selbst gemacht und die saftige Füllung zerging auf der Zunge. Die Krönung war der Kartoffelsalat. Zondler und Aichele wussten nicht, dass dieser die Spezialität der Wirtin war, die diesen jeden Tag kübelweise von Hand rädelte. Ihr Kartoffelsalat war zu recht im ganzen Umkreis berühmt.

Wie vorausgesehen füllte sich der Stammtisch nach und nach mit einigen Herren fortgeschrittenen Alters, die wohl niemanden mehr daheim hatten, der sie bekochte. Also traf man sich in der Wirtschaft, was allemal besser war, als allein daheimzusitzen. Und wie gesagt, man erfuhr immer das Neuste.

Natürlich wurde auch heute über die Friedhofsgeschichte gesprochen. Einer wusste doch schon tatsächlich, dass der unbekannte Tote sich als weiblich und als die frühere Bürgermeisterin entpuppt hatte. Er sei morgens auf dem Rathaus gewesen und hätte das ganz zufällig mitgekriegt, wie der Egelsberger mit der Unger drüber geredet hätte, bei offener Tür selbstverständlich. Schließlich lausche er nicht, was auch schwierig wäre, denn er sei doch schon etwas harthörig in seinem Alter.

Das war natürlich eine Sensation! Die Männer redeten ziemlich laut und ungeniert, so dass Zondler und Aichele sich gar nicht besonders anzustrengen brauchten, um jedes Wort zu verstehen. Allerdings war das nicht unbedingt sehr informativ. Die einen meinten, die Schaich wär ja schon ein bissle ein Luder gewesen, aber so einen Tod hätte sie auch nicht verdient. Die andern rätselten darüber, wieso die ausgerechnet in Glückhausen verbuddelt worden war, sie hätte doch gar nicht mehr hier in der Gegend gewohnt. Genau das fand Zondler auch. Es musste einen Bezug zu diesem Dorf geben und genau deshalb waren sie hier, um sozusagen tiefer zu graben.

Die Ermittler bestellten sich noch einen Kaffee. Dann fragten sie die Herren am Stammtisch freundlich, ob sie sich zu ihnen setzen dürften. Erst wurden sie etwas misstrauisch angeschaut, aber nachdem sie sich als die ermittelnden Beamten zu erkennen gegeben hatten, wurde respektvoll zusammengerückt.

»Tja, meine Herren, das ist eine schlimme Sache hier in Glückhausen. Sie wissen ja bereits, dass es sich um Ihre ehemalige Bürgermeisterin handelt. Wir nehmen an, Sie alle kannten sie eine ganze Reihe von Jahren und können uns einiges von ihr erzählen. Schließlich muss es einen Grund für so ein schlimmes Ende geben. Sicher möchten Sie auch dazu beitragen, den Täter zu fassen.«

Die zuvor recht redseligen Männer schwiegen allesamt. Keiner wollte den Mund aufmachen und in irgendwas hineingezogen werden. Aichele bohrte noch ein bisschen mehr nach:

»Also – wie ich vorher schon gehört habe – es kann eigentlich kein Zufall sein, dass Frau Schaich ausgerechnet hier auf dem Friedhof gefunden wurde. Es ist also durchaus möglich, dass der Täter aus Glückhausen stammt und einer aus dem Dorf ist. Und das ist doch eine eher unangenehme Vorstellung, oder?«

»Scho«, sagte endlich einer.

»Aber von uns war's koiner«, vermeldete ein anderer.

»Das wollen wir auch gar nicht sagen oder annehmen«, meinte Zondler.

»Aber Sie können uns bestimmt ein bisschen helfen. War sie denn beliebt, die Frau Schaich? Oder kennen Sie jemanden, der mit ihr einen heftigen Streit hatte? Gab es dunkle Geschäfte, rachsüchtige Grundstücksbesitzer? Irgendwas in der Art? Bitte überlegen Sie einfach in Ruhe. Sie müssen hier auch nicht vor allen Leuten was sagen. Ich bitte Sie nur, darüber nachzudenken und uns gegebenenfalls zu informieren. Hier gebe ich Ihnen unsere Telefonnummern, bitte rufen Sie an, wenn Ihnen was dazu einfällt.«

Er legte einen kleinen Stapel mit Visitenkärtchen in die Tischmitte.

»Das gilt auch für Sie«, wandte er sich an den Wirt und die Wirtin.

Der wohlbeleibte Wirt hatte die dicken Arme verschränkt und lehnte gemütlich auf seinem Tresen. Seine Frau trocknete gerade Gläser ab. Beide hatten die Unterhaltung am Stammtisch äußerst interessiert verfolgt und nickten jetzt ohne etwas zu sagen. Die Männer in der Runde genauso. Zondler bezahlte und ließ sich eine Quittung ausstellen. Nachdem sie die Wirtshaustür hinter sich geschlossen hatten, brandete die Unterhaltung in der Gaststube deutlich hörbar auf.

»Und jetzt?«, fragte Aichele.

»Mir fällt grad ein, dass ich vergessen hab, die Wiesner auf die Adresse von der Schaich in Madeira anzusetzen. Der ruf ich gleich mal an.«

Zondler holte sein kleines Notizbuch aus der Jackentasche, ohne das er nirgendwo hinging. Dann tippte er die Kurzwahl seiner Sekretärin ins Handy. Frau Wiesner war wie immer fleißig an ihrem Schreibtisch und hob sofort ab. Zondler gab ihr die Adresse aus dem Büchlein durch und bat sie, diese zu recherchieren.

»So, jetzt machen wir mit den Liebschaften weiter. Fühlen wir mal den Herren auf den Zahn, die uns die Frau Hinz genannt hat«, meinte er und steckte sein Notizbuch wieder ein.

Der Erste auf der Liste war Herr Zimmermann vom Rathaus. Die Mittagspause auf dem Amt war vorbei. So hatten die beiden Glück und trafen den Verwaltungsfachangestellten in seinem Büro an. Er wirkte nicht besonders fröhlich, sondern hatte im Gegenteil eindeutig traurige Augen. Wegen seiner früheren Liebschaft? Nachdem sich die Polizisten vorgestellt hatten, fragten sie den jungen Mann, ob er die Frau Schaich gut gekannt hätte.

»Schon, sie ist schließlich meine Chefin gewesen, sie hat mich sogar eingestellt, nachdem ich mich auf dem Rathaus beworben habe und ich hab unter ihr meine Ausbildung gemacht.«

»Und wie war sie so? War sie eine strenge Chefin oder eher locker? Hatten Sie ein gutes Verhältnis?«

»Eher locker. Ich kann mich nicht beklagen, wir sind immer gut miteinander ausgekommen.«

»Wir haben gehört Herr Zimmermann, Sie sind sogar sehr gut mit ihr ausgekommen. Da war die Rede von Händchen halten?«

»Naja. Das war mal auf einem Betriebsausflug. Wir waren alle gut drauf und hatten wohl etwas zu viel intus.«

»Und sonst? Ich frag Sie jetzt ganz deutlich Herr Zimmermann: Hatten Sie ein Verhältnis mit Frau Schaich?«

Der junge Mann sackte noch ein Stück mehr in sich zusammen und schaute verzweifelt.

»Ja, aber nicht allzu lange. Sie war halt immer um mich rum und hat mich angebaggert und naja, sie sah gut aus und hatte was Überzeugendes. Ein bisschen geschmeichelt hat es mir auch, dass die Chefin sich so für mich interessierte. Nach drei Monaten war es aber ganz plötzlich vorbei, sie war zwar noch freundlich, hat mir aber klar gesagt, dass wir ab jetzt nur noch beruflich miteinander zu tun hätten.«

»Wie haben Sie das denn aufgenommen, das war doch bestimmt verletzend?«

»Natürlich war ich erst sauer, auch etwas verletzt. Aber dann hat es sich glücklicherweise ergeben, dass ich jemand anderen kennengelernt habe und somit war Yvonne eh ad acta.«

»Sie hatten also wirklich keinen Grund, irgendwelche Rachegedanken zu hegen?«

»Nö, wir hatten eine ganz nette Zeit, aber so richtig ernst war das nie, ich meine, was fürs Leben. Schließlich wusste ich von vornherein, dass sie keine Kostverächterin ist.«

»So, so. Woher denn?«

»Nix Genaues, was man halt manchmal so hört.«

»Falls Ihnen da noch jemand Spezielles einfallen sollte, Herr Zimmermann, dann melden Sie sich bitte bei uns«, beendete Zondler das Gespräch.

Sie schauten noch im Büro von Herrn Hauptamtsleiter Egelsberger vorbei, um die versprochene Namensliste abzuholen. Der Amtmann war nicht mehr im Hause, hatte die Liste aber bei Frau Unger hinterlegt. Diese erzählte ihnen, dass es dem Herrn Egelsberger gar nicht gut gegangen sei, er habe sich mit starken Kopfschmerzen entschuldigt.

Kopfschmerzen hatte er wirklich der Egelsberger. Die würden sich auch erst wieder legen, wenn ein paar Dinge geklärt waren. Nicht etwa, dass er sich etwas vorzuwerfen hatte, aber es waren doch einige Peinlichkeiten, an denen er und Wolf beteiligt gewesen waren. Die Welt ist schlecht, bemitleidete er sich selbst. Da hat man mal einen schwachen Moment und schon ist man erpressbar und muss in ständiger Angst leben, dass etwas publik wird. Er dachte mit Schmerzen an dieses Wochenende vor einigen Jahren zurück. Auf Einladung der Bürgermeisterin waren Wolf und er in ein nobles Ferienhäuschen nach Österreich gefahren. Frau Schaich wollte eigentlich auch mit, sogar mit ihrem Ehemann, was eher ungewöhnlich war. Kurzfristig hatte sie sich dann aber wegen einer plötzlichen Darmgrippe entschuldigt. Also waren Wolf und er alleine gefahren. Zum Skifahren hieß es. Bloß, Ski gefahren waren sie überhaupt nicht, wie auch, mit dem Brummschädel. Die drei Tage waren angefüllt mit Genüssen aller Art: Das beste Essen, Alkohol in sehr erheblicher Menge und Frauen. Wenn er das alles vorher gewusst hätte, dann wäre er daheimgeblieben, aber so. Er erinnerte sich kaum noch an Einzelheiten, der Weinpegel war zu hoch gewesen.

Sie waren gerade beim Kartenspielen, als es an der Tür der Ferienwohnung klingelte. Wolf öffnete und herein kamen zwei junge Frauen, die nicht übel anzuschauen waren und beste Laune mitbrachten. Sie verkündeten, dass sie die besondere Überraschung des Abends seien. Sie würden es sicher alle sehr nett miteinander haben. Das hatten sie es dann auch. Erst wurde noch mehr getrunken, dann ging's in die hauseigene Sauna und in den Whirlpool. An den weiteren Verlauf des Abends wollte er sich nicht mehr erinnern. Aus braven Familienvätern waren draufgängerische Ehebrecher geworden.

Wenn das alles rauskommt, dann kann ich einpacken, dachte Egelsberger. Erst mal wegen Hildegard, seiner Frau. Die meckerte sowieso andauernd über seinen Bier- und Schnapskonsum. Bei einem lustigen Frauenabend mit nachfolgendem eindeutigem Ehebruch hörte der Spaß endgültig auf, das wusste er wohl. Auch wie furchtbar der Zorn seiner Hildegard sein konnte.

Dazu noch die Peinlichkeit des Ganzen, wie würde er denn dastehen vor den Glückhausenern? Alle würden sich über ihn lustig machen und schadenfroh sagen, es geschehe ihm grad recht. Vielleicht hatte das Ganze auch noch ein gerichtliches Nachspiel. Immerhin hatte er sich eine beträchtliche Summe sozusagen schenken lassen, nebst Sachleistungen. Dafür musste er der Bürgermeisterin eben ein paar Gefälligkeiten erweisen. Ganz hasenrein war das jedenfalls nicht. Woher hatte die Schaich eigentlich das Geld für solch großzügige Geschenke gehabt? Da hatte er damals lieber nicht genauer nachgefragt und wollte es auch heute nicht wissen. Auf jeden Fall hatte sie die ganze Sache sehr raffiniert eingefädelt, von wegen Darmgrippe!

Egelsberger hatte versucht, das Geschehene zu verdrängen. Er und Wolf gelobten einander Schweigen über diesen peinlichen Vorfall. Zurück blieb das schlechte Gefühl, erpressbar zu sein und dass dieses Wochenende irgendwann noch mal ans Licht kommen könnte. Jetzt sah es ganz danach aus. Egelsberger seufzte tief und gramerfüllt.

Er musste unbedingt mit dem Wolf reden. So bald wie möglich.

Frau Brenner war gerade dabei, den Tisch für den Seniorenkaffee zu decken, der regelmäßig jede Woche im Gemeindehaus stattfand, als die Herren Aichele und Zondler an den Türrahmen klopften. Heute musste sie sich sputen, denn ihre Helferin hatte sich krankgemeldet und es gab noch einiges zu tun. Aber die Aufgabe machte ihr Spaß. Ein bisschen soziales Engagement gehörte einfach dazu, wenn man Gemeinderätin war. Es machte ihr auch wirklich Freude, denn die alten Leutchen waren dankbar für die Zuwendung und Mühe, die man sich ihretwegen machte. Außerdem erfuhr sie immer ziemlich viel von dem, was im Ort vor sich ging. Es war die reinste Nachrichtenbörse, besser als der Stammtisch im Hirschen und schon darum ein wichtiger Termin in ihrem Kalender.

»Frau Brenner? Entschuldigen Sie, dass wir Sie stören, Ihre Tochter hat uns am Telefon gesagt, dass wir Sie hier finden würden. Hätten Sie wohl mal fünf Minuten? Es geht um Frau Schaich«, eröffnete Zondler mit seinem harmlosesten Lächeln im Gesicht das Gespräch. Dabei zeigte er ihr seinen Ausweis. Frau Brenner sah alles andere als begeistert aus.

»Warum kommen Sie da ausgerechnet zu mir? Erstens

hab ich mit der Frau Schaich überhaupt nix zu tun, sie ist ja schon ewig weg aus dem Dorf und zweitens sehen Sie ja, dass ich anderweitig beschäftigt bin. In einer halben Stunde kommen die Senioren. Ich muss noch Kaffee kochen und die Kuchen aufschneiden.«

Aichele hatte inzwischen seinen Hundewelpenblick aufgesetzt, dem kein weibliches Lebewesen widerstehen konnte. Es klappte auch diesmal.

»Das hört sich aber gut an, ein Tässle Kaffee könnten wir jetzt auch gut gebrauchen und der Kuchen ist bestimmt selbst gebacken, oder? Sieht richtig klasse aus! Wir würden Ihnen auch etwas zur Hand gehen, wenn Ihnen das recht ist«, schmeichelte sich Aichele nun an Zondler vorbei und schaute Frau Brenner anerkennend an. Diese war durchaus mehrere Blicke wert. Eine gut aussehende Frau Ende dreißig, kurvig und mit halblangen roten Haaren.

»Na gut, kommen Sie mit in die Küche, aber stehen Sie mir nicht im Weg rum«, sagte Frau Brenner nachgebend.

Das taten sie denn auch nicht, sondern schnitten wie versprochen erst den Käsekuchen und dann den Zwetschgenstreusel in Stücke und verteilten diese auf Kuchenplatten. Frau Brenner bediente inzwischen die Kaffeemaschine. Nebenher füllte sie Milchkännchen und Zuckerdosen.

»So, und um was geht es jetzt eigentlich?«, fragte sie schließlich.

»Sie wissen sicherlich schon, dass es sich bei der Toten im Grab um Yvonne Schaich handelt?«

»Ja, es ist schlimm. Momentan ist es ja *das* Dorfgespräch, alle reden darüber.«

»Wir haben gehört, dass Ihr Mann zu der Exbürgermeisterin ein ausgesprochen gutes Verhältnis gehabt haben soll, Frau Brenner. Stimmt das?«

Zondler fiel sozusagen mit der Tür ins Haus und der Überraschungsangriff gelang auch. Frau Brenner ließ fast ein volles Milchkännchen fallen. Sie war bemüht, ihre Gefühle in den Griff zu kriegen.

»Woher wissen Sie das, und überhaupt, wer hat da so übel rumgetratscht? Ach, das ist einfach ein widerlicher Flecken hier. Überall wird man beobachtet, keinen Schritt kann man tun. Wenn sich doch bloß jeder nur um seine Angelegenheiten kümmern würde!«

»Dann stimmt es also, dass er was mit Frau Schaich hatte?«

»Ja doch, Sie wissen es doch sowieso schon. Ich bin inzwischen geschieden und lebe allein mit meiner Tochter. Warum kommen Sie damit überhaupt zu mir? Warum fragen Sie ihn nicht selber? Das geht mich alles nichts mehr an.«

»Wir wussten nicht, wo wir ihn erreichen können auf die Schnelle. Da Sie im Gemeinderat sind, kennen Sie sich bestimmt aus mit der Frau Schaich, vom Privaten mal ganz abgesehen. Sie waren untereinander recht gut befreundet stimmt's?«

»Gut, naja, wie man halt so miteinander bekannt ist. Dass sich mein lieber Mann so von ihr bezirzen lässt, hätte ich nicht gedacht. Ich hab es ihm auch nicht verziehen. Der Werner Schaich sah das nicht so eng oder er hat einfach den Kopf in den Sand gesteckt und wollte nichts wissen. Aber mit mir nicht.«

»Wie lange waren die beiden denn liiert, und wie hat die Geschichte aufgehört?«

»Das ging so drei Jahre, aber ich glaub, er war nicht der Einzige in der Zeit und Schluss war dann, als die Yvonne zurückgetreten ist. Sie und ihr Mann sind dann auch ganz schnell weggezogen. Das war's dann.«

»Wo lebt Ihr Mann inzwischen, Frau Brenner?«

»Der ist nach Kirchheim gezogen. Er hat sich dort eine kleine Wohnung gemietet. Ich denke, es geht ihm halbwegs gut, außer, dass er seine Wäsche inzwischen selber waschen muss. Bekocht wird er jetzt auch nicht mehr. Ich kann Ihnen gerne die Adresse geben, aber glauben Sie mir, der kann es nicht gewesen sein. Er ist überhaupt nicht der Typ für Gewalttaten. Dem würde es sowieso an der nötigen Fantasie für so ein Verbrechen fehlen.«

Von draußen waren Stimmen zu hören. Die ersten alten Leute kamen, wie immer eine halbe Stunde zu früh. Rollatoren wurden eingeparkt, Stühle mit Kissen zurechtgerückt. Dann ging es ans Kaffee einschenken und Kuchen verteilen. Die beiden Männer wurden neugierig gemustert. Erstens, weil sie Männer waren, und diese üblicherweise beim Seniorenkaffee sehr in der Unterzahl waren. Zweitens, weil sie umso vieles jünger waren, als die Anwesenden. Natürlich wurden sie ungeniert ausgefragt. Zondler gab bereitwillig Auskunft, soweit er konnte. Er fragte auch in die Runde, ob ihnen irgendwas zu Ohren gekommen sei, was mit der Toten auf dem Friedhof zu tun haben könnte. Das war aber nicht sehr ergiebig. Zondler und Aichele blieben gerade so lange, bis sie ihre Tasse ausgetrunken und ein Stück Kuchen gegessen hatten. Die Senioren waren zwar angetan von dem überraschenden Zuwachs in ihrer Runde und hätten sie gerne noch länger mit Beschlag belegt, aber die beiden Beamten entschuldigten sich mit dringender Arbeit. Nachdem sie wirklich allen anwesenden alten Leuten die Hand zum Abschied geschüttelt hatten, waren sie endlich draußen vor der Tür.

»Jetzt sag, Aichele, was meinst du zu der Brenner?«

»Ja, bei der könnte man schon schwach werden.«

»Ich hab jetzt eher an die Verdachtsmomente gedacht oder an ein Motiv und nicht an ihre sonstigen Qualitäten«, setzte Zondler nach.

»Ach so. Entschuldigung. Ehrlich gesagt, sehe ich kein Motiv bei ihr. Sie war zwar sicher mehr als sauer auf ihren Mann und die Schaich. Aber Mord? Außerdem, warum lässt sie dann ihren Ex ungeschoren davonkommen?«

»Das denk ich auch, wir können sie wohl erst mal abhaken. Die Wiesner soll sich mal kundig machen über den Herrn Brenner in Kirchheim, den kann man gelegentlich noch befragen. Wie spät hemmers eigentlich? Ich würd sagen, für heut langt's. Bis wir in Stuttgart sind, ist es mindestens Fünfe und ein bisschen Privatleben könnte uns beiden auch nicht schaden, oder?«, Zondler fiel in seinen Feierabenddialekt.

Kollege Aichele würde sich hüten, da zu widersprechen. Also setzten sie sich in voller Übereinstimmung in ihren Dienstwagen und reihten sich in die spät nachmittägliche Autoschlange Richtung Westen und Landeshauptstadt ein. Die Bundesstraße war voll wie immer, der Verkehr wurde wirklich jedes Jahr schlimmer um Stuttgart herum. Es blieb ihnen nichts anderes übrig, als diesen stoisch und geduldig zu ertragen, so wie alle anderen Autofahrer vor und hinter ihnen auch. Im Büro wartete glücklicherweise auch nichts Dringendes. So kamen sie tatsächlich einmal pünktlich aus ihrer Amtsstube.

Zondler fuhr nur kurz heim, um seine Sportsachen zu holen, die nach dem letzten Mal erst mal in die Waschmaschine mussten. Ihm war durchaus bewusst, dass Maultaschen mit Kartoffelsalat nebst Kuchen ihre Spuren an seinem Körper hinterlassen würden. Im Fitnessstudio ging's heute etwas flotter zu, die Musik beschwingte ihn geradezu. Ein wenig dachte er auch daran, dass er nachher noch auf ein Bier in seine Kneipe gehen könnte. Mit ein wenig Glück war vielleicht auch die Walkingtruppe wieder da, die sich zweimal die Woche zum Training traf, wie er kriminalistisch herausgefunden hatte.

Die Frau mit den roten Haaren – Jette wurde sie von den andern genannt –, die war schon nett anzusehen. Sie wirkte so überaus lebendig. Wäre schön, sie näher kennenzulernen. In solche Gedanken versunken, verging das Ausdauertraining entschieden schneller als sonst. Mit einem Ziel vor den Augen ist eh alles einfacher, dachte der Kommissar.

Punkt acht Uhr saß er im Hoorschlotzer. Bald hatte er ein Weizenbier und eine Tellersülze vor sich stehen. Und tatsächlich, die Tür ging auf und einige Leute der Laufgruppe drängten herein. Wie's der Zufall will, saß Zondler als Einziger an einem langen Tisch für viele Personen, sodass die Neuankömmlinge ihn fragten, ob bei ihm noch frei wäre. Zondler zeigte einladend auf die Bänke und Stühle. Jette war auch dabei und rückte auf die Bank, sodass sie direkt neben ihm saß. Bis alle ihren Platz gefunden hatten und die Getränke bestellt waren ging's laut und turbulent zu. Zondler machte sich nun ans Kontakt aufnehmen. Das war gar nicht so schwer, das Thema Walken gab einiges her, dann konnte man zu Sport allgemein überleiten. Die Gruppe an sich war auch interessant. Er erkundigte sich, wer sie denn alle seien, woher sie kämen und so weiter. Es war eine leichte, unkomplizierte Unterhaltung, zu der jeder etwas beitrug.

Nach zwei Stunden hatte er versprochen, dass er beim nächsten Lauftreff mitmachen würde. Er notierte sich zu diesem Zweck Jettes Handynummer, falls was dazwischenkommen sollte oder er den Treffpunkt nicht finden würde. In bester Laune verabschiedeten sich alle kurz nach zehn Uhr vor der Wirtschaft. Zondler ging beschwingt nach Hause. Das war ein schöner Abend gewesen. Vor allem hatte er kein einziges Mal an die Arbeit und ans Büro gedacht, was recht selten vorkam.

Seine gute Laune hielt auch noch am Freitagmorgen an, dabei sah es draußen gar nicht einladend aus. Der Himmel war trist und es regnete leicht, dazu blies ein böiger Wind. Aichele war schon im Büro und hatte die Kaffeemaschine angeworfen. Bei heißem Milchkaffee und Butterbrezeln setzten sich die zwei Kriminalbeamten zusammen und rekapitulierten ihre bisherigen Ergebnisse in diesem Fall.

»Also, was haben wir bis jetzt? Die alte Sekretärin, die Frau Hinz, können wir ausscheiden. Aber sie ist eine wichtige Informantin, von der können wir sicher noch einige Details erfahren. Dann haben wir den Zimmermann und die Brenner. Was meinst du, Aichele, sind die noch verdächtig?«

Aichele schüttelte den Kopf und kaute weiter an seiner Brezel. Nachdem er runtergeschluckt hatte, sagte er:

»Nein, ich glaube nicht. Der Zimmermann hat nicht genug kriminelle Energie und die Brenner hat abgeschlossen, die hatte keinerlei Rachegedanken von wegen verlassener Ehefrau oder so. Im Gegenteil, sie hat Kante gezeigt und ihren Mann rausbefördert. Und da die Schaich weggezogen ist, war es für sie auch kein Problem, weiter in Glückhausen zu bleiben. Wir werden wohl weiter suchen müssen.«

»Ja, das seh ich auch so. Hm. Wo setzen wir als Nächstes an? Wir machen es so: Du fährst noch mal nach Glückhausen und bohrst noch ein bisschen bei der Frau Hinz wegen der Männerbekanntschaften von Schaich und auch wegen sonstiger alter Feindschaften. Ich kümmere mich hier derweilen um den pathologischen Befund, genauer gesagt die merkwürdige Sache mit der Quecksilbervergiftung. Die kommt mir schon sehr seltsam vor. Ach ja, die Wiesner soll mal den Hausarzt ausfindig machen wegen der merkwürdigen Symptome. Die Schaich hat doch sicher mal einen Doktor gebraucht.«

Aichele war einverstanden. Er stand auf, um das Kaffeegeschirr wegzuräumen. Seit Kurzem hatten sie eine kleine

Spülmaschine in ihrem Aufenthaltsraum, was sich als wahrer Segen erwies. Vorbei die Zeiten mit Bergen von ungespülten Tassen und Tellern. Obwohl, ein paar Kollegen schafften es immer noch nicht, die Klappe der Maschine zu öffnen und ihr Geschirr einzuräumen. Als alles verstaut war, schnappte er sich seine Jacke und einen Schirm, um für das Sauwetter gerüstet zu sein und verschwand.

Zondler nahm sich den Bericht des Pathologen vor und las konzentriert die Akte abermals durch. Dann griff er zum Telefon und rief Doktor Holzinger an.

»Guten Morgen, Herr Holzinger, sagen Sie, haben Sie noch was rausgefunden über die Quecksilbervergiftung von der Schaich?«

»Guten Morgen. Ja und nein. So wie's aussieht, hat sie wirklich über mindestens vier Jahre Quecksilber zugeführt bekommen und eingelagert. Ich habe im Gebiss die größten Konzentrationen gefunden. Wie Sie wissen, haben wir die Leiche ja definitiv über ihren Zahnarzt identifizieren können. Das ist eine Doktor Kühn, die in diesem Dorf eine Praxis hat. Ich hab schon mehrfach versucht, sie zu erreichen, aber bis jetzt hat sie mich noch nicht zurückgerufen.«

»Tja, ich glaub, die muss ich mir mal etwas genauer anschauen, die Frau Doktor. Danke, Herr Holzinger, für die genaue Arbeit, ich werde heute dort in der Praxis vorbeischauen. Sie können das auf die Seite legen, bis ich mich wieder bei Ihnen melde. Und um den Hausarzt kümmern wir uns bereits, ich hab da aber noch keine Rückmeldung. Einen schönen Tag noch und viel Erfolg mit Ihren ›Patienten‹.«

Aus dem Hörer drang ein amüsiertes Lachen, dann wurde aufgelegt.

Er suchte Adresse und Telefonnummer der Zahnarztpraxis raus. Es machte aber wohl wenig Sinn, dort anzurufen und die Ärztin vorzuwarnen. Besser sie wurde überrascht.

Also verließ auch Zondler das kuschelwarme Büro und fuhr Richtung Glückhausen. Leider war Aichele mit dem Dienstpassat schon weg. Da musste er halt sein Auto nehmen. Die Zahnarztpraxis war leicht zu finden. Gott sei Dank war ein Parkplatz vor dem Ärztehaus frei. Zondler hatte wie immer keinen Schirm dabei, er hielt so ein Ding für absolut überflüssig und unmännlich, schließlich war er nicht aus Zucker. Lieber legte er einen kurzen Spurt ein und schüttelte sich dann vor der Eingangstür wie ein Hund.

Das Wartezimmer von Frau Doktor Kühn war nur spärlich besetzt. Drei Leute saßen da und sahen nicht besonders erwartungsfroh drein. Zondler schätzte sich glücklich, nicht an deren Stelle zu sein, denn Zahnarztbesuche mochte er nicht, auch wenn er natürlich einsah, dass sie unumgänglich waren. Eigentlich kannte er niemanden, der gern zum Zahnarzt ging.

An der Rezeption zeigte er seinen Ausweis und bat darum, Frau Doktor Kühn kurz sprechen zu dürfen. Die junge Frau am Empfang zog leicht die Augenbrauen nach oben und meinte, sie werde nachfragen, aber es könne schon ein Weilchen dauern, die Frau Doktor sei gerade bei einer Wurzelbehandlung. Zondler erwiderte, er warte gerne so lange und setzte sich ins Wartezimmer. Dort lagen die üblichen alten Zeitschriften, von denen er sich eine griff, denn irgendwie musste er sich die Zeit vertreiben.

Immerhin kam er nach zwanzig Minuten an die Reihe und verließ unter teils giftigen, teils dankbaren Blicken den Warteraum als Erster der Versammelten. Frau Doktor Kühn war dabei, sich die Hände zu waschen.

»Was kann ich für Sie tun, Herr Kommissar?«

»Es geht um die von Ihnen identifizierte verstorbene Frau Schaich, die wohl bei Ihnen in Behandlung war.«

»Ja, das war sie, und zwar seit sie Bürgermeisterin hier im Ort war. Eine schreckliche Geschichte, obwohl, bis jetzt weiß ich nur, dass es eine Tote auf dem Friedhof gab und das diese Tote die Yvonne ist. Ein Herr Holzinger von der Pathologie hat mich kontaktiert. Wie Sie sicher wissen, habe ich die Tote über die Bilder ihres Gebisses identifizieren können.«

»Kennen Sie Yvonne Schaich näher?«, hakte Zondler sofort nach, weil ihm die vertrauliche Anrede aufgefallen war.

»O ja, wir waren seit Jahren zusammen im Tennisclub und die Gemeinschaft dort ist sehr gut. Wir haben uns wirklich ausgezeichnet verstanden, auch unsere Männer sind befreundet. Wir haben viel miteinander unternommen. Deshalb war es auch ein richtiger Schock, als ich sie identifiziert habe. Seit die Schaichs weggezogen sind, hat sich das mit der Freundschaft etwas relativiert, wir hatten nicht mehr ganz so viel Kontakt. Naja, und als die Yvonne dann ihren Mann verlassen hat, da war dann Funkstille. Ist ja immer schwierig so was und man weiß nicht so recht, wie damit umgehen.«

»Wann haben Sie denn Frau Schaich das letzte Mal gesehen?«

»Lassen Sie mich nachdenken. Wann war das wohl? Irgendwann mal bei einem Aperol im Clubheim vielleicht. Sie war nicht mehr oft im Tennisclub nach ihrem Rücktritt. Bei mir in Behandlung war sie noch zwei, drei Mal, nachdem sie weggezogen waren. Danach hab ich dann nichts mehr von ihr gehört. Hat mich ziemlich gewundert, aber vielleicht hat sie in ihrem neuen Umfeld einen passenden Zahnarzt gefunden.«

Zondler beschloss, der Frau Doktor etwas mehr auf den Zahn zu fühlen.

»Hatte Frau Schaich größere Zahnprobleme?«

»Ja, Sie haben sicher die Krankenakte gesehen. Yvonne hatte massive Kariesbefunde, die zwangsläufig viele Füllungen, Kronen und auch Entzündungen herbeiführten. Es war schon mehr als gewöhnlich. Sie musste oft hier erscheinen.«

»Aha. Wissen Sic, Frau Doktor Kühn, wir haben da noch etwas tiefer gebohrt, um mal in Ihrem Jargon zu bleiben. Unser Pathologe hat da etwas sehr Ungewöhnliches gefunden. Der Körper von Frau Schaich und vor allem ihr Kiefer wies eine unnatürlich hohe Konzentration an Quecksilber auf. Sie wurde sozusagen langsam vergiftet. Haben Sie da vielleicht eine Idee, wie das passiert sein könnte? Sie arbeiten doch soviel ich weiß auch mit Quecksilber in Amalgam-Füllungen?«

Die Zahnärztin schaute verblüfft und gab eine ganze Weile keine Antwort.

»Das ist heute nicht mehr ganz so üblich. Aber ja, wenn keine Unverträglichkeit des Patienten vorliegt, ist Amalgam immer noch eine gute Lösung. Hält sehr lange und ist gut zu verarbeiten. Aber der Quecksilbergehalt ist nicht so extrem, wie man immer liest. Also, ich kann mir nicht erklären, wieso die Belastung bei Frau Schaich höher als bei anderen sein sollte. Obwohl, sie hatte schon sehr viele Füllungen, aber trotzdem, nein, keine Ahnung, Herr Zondler.«

Nach diesem langen Vortrag kehrte wieder Stille ein. Zondler sagte nichts, meinte dann nach einiger Zeit, dass es das wohl fürs Erste gewesen sei, und verabschiedete sich. Er ließ eine sichtlich irritierte und nachdenkliche Frau Doktor zurück, als er das Sprechzimmer verließ.

Es hatte aufgehört zu regnen. Hie und da sah er bereits ein paar Flecken blauen Himmel. Im Wagen setzte er sich mit Aichele in Verbindung. Er erfuhr von diesem, dass die Frau Hinz, er wisse schon, die ehemalige Rathaussekretärin, noch einige Informationen gehabt hätte. So zum Beispiel den Namen eines Ex-Geliebten. Dann sei noch interessant, wie sie das Klima zwischen einigen Gemeinderäten und der Bürgermeisterin beschrieben hätte. Der Name des Geliebten sei Tobias Kühn und der sei zufälligerweise der Gatte der Zahnärztin. Na, das ist ja ein Ding, dachte Zondler.

Er beschloss, Herrn Kühn doch gleich einmal einen Besuch abzustatten. Obwohl, es war mitten am Tag, der ging sicher einer geregelten Arbeit nach. Egal, er konnte es einfach probieren, wenn er schon mal da war. Aichele solle inzwischen herausfinden, welche Gemeinderäte besondere Schwierigkeiten mit der Schaich gehabt hätten und wie überhaupt das Netzwerk so funktioniert habe, gab er dem Kollegen auf den Weg.

Dann rief er in seinem Büro an, damit man ihm die Adresse der Familie Kühn raussuchte. Es war gar nicht weit und nach kurzer Fahrt stand er vor einem größeren Neubau in Hanglage von Glückhausen. Nur leider war niemand daheim. Nach dreimaligem Klingeln gab Zondler auf. Als er auf dem Plattenweg zu seinem Auto zurückging, sah er im Nachbargarten einen älteren Herrn, der mit einem Teppichklopfer zugange war. Über einer Eisenstange hing ein alter fadenscheiniger Teppich, den er mit heftigen Schlägen bearbeitete. Es staubte ordentlich in alle Richtungen. Man sah dem alten Mann an, wie befriedigend er das Ergebnis seiner Arbeit fand.

»Wissen Sie zufällig, wo Herr Kühn sein könnte?«, rief Zondler laut zu ihm hinüber. Dieser ließ den Klopfer sinken und schaute erst ihn an und dann auf seine Uhr.

»Heit isch Freitag, da isch er immer beim Tennis bis zum

Mittag. So um eins kommt er dann meischtens wieder hoim. Wisset Sie, des isch so a Frühpensionär, dia könnet sich des halt leischte. Seither macht er oin auf Tennistrainer.«

Zondler bedankte sich und stieg ins Auto. Wo der Tennisclub war, meinte er zu wissen und tatsächlich fand er ihn mühelos. Ungefähr zehn Autos standen auf dem Parkplatz. Auf der Terrasse vor dem Clubhaus saßen einige Frauen im Tennisdress bei Kaffee und auch Sekt. Kaum hatte der Regen aufgehört, wurden bereits die Tische trocken gewischt, sodass die Damen die wärmende Sonne genießen konnten. Zondler steuerte den nächstgelegenen Tisch an und fragte nach Herrn Kühn. Der sei noch drinnen unter der Dusche wurde ihm gesagt, er würde aber sicher demnächst zu ihnen stoßen.

Die Damen musterten ihn neugierig, aber keine traute sich zu fragen, was er denn von ihm wolle. Zondler fragte, ob er hier wohl einen Kaffee und was zu essen kriege und es wurde ihm gesagt, dass das Clubheim auch eine öffentliche Wirtschaft sei und das Essen sehr zu empfehlen sei.

Also setzte er sich an einen etwas abgelegenen Tisch und wartete. Bei der Bedienung bestellte er ein großes Apfelsaftschorle und nach einem Blick in die Speisekarte das Tagesessen, Lasagne mit Salat. Kurz darauf kam ein Mann mit halblangem dunklem Haar, das noch nass von der Dusche war, aus dem Sportlereingang und steuerte auf die Damen zu. Die flüsterten ihm sogleich zu, dass da hinten einer sitze und auf ihn warte, sie wüssten auch nicht, wer das sei. Herr Kühn näherte sich Zondlers Tisch, der seine gute Kinderstube ausgrub und sich zu Begrüßung erhob.

»Herr Tobias Kühn? Mein Name ist Hauptkommissar Zondler. Ich untersuche den Fall der tot aufgefundenen Yvonne Schaich und möchte mich gerne mit Ihnen darüber unterhalten. Ich hoffe, Sie haben ein paar Minuten?«

Der Angesprochene wirkte nicht mehr ganz so selbstbewusst, nickte stumm und setzte sich an den Tisch.

»Sie haben doch sicher von dem Leichenfund auf dem Friedhof gehört, oder? Wir konnten die Tote zweifelsfrei als Yvonne Schaich identifizieren. Bei unseren Ermittlungen ist mir jetzt zu Ohren gekommen, dass Sie, Herr Kühn, die Frau Schaich sehr gut kannten. Können Sie mir das bestätigen?«

»Das stimmt, wir kannten uns durch den Tennisclub. Meine Frau und ich hatten ein sehr freundschaftliches Verhältnis zu beiden. Manchmal sind wir zusammen ausgegangen oder wir haben daheim gegrillt oder wir zwei Männer waren miteinander in der Sauna.«

»Das hab ich bereits gehört. Ich hab aber auch gehört, dass Ihr Verhältnis zu Frau Schaich noch ein ganzes Stück intimer war. Herr Kühn, hatten Sie eine Liebesbeziehung mit Frau Schaich?«

Zondler sprach mit Bedacht leise, damit die eindeutig ausgefahrenen Ohren der Tennisdamen nicht mithören konnten. Tobias Kühn neigte den Kopf zum Kommissar und zischte:

»Wer hat Ihnen denn so was erzählt? Bösartiges Geschwätz oder Neidisches. Man kann doch mit niemandem mehr befreundet sein, es wird immer nur das Übelste angenommen. Fragen Sie doch meine Frau. Sie wird Ihnen bestätigen, dass wir mit beiden Schaichs gleich gut befreundet waren. Und sonst nix.«

Er lehnte sich empört wieder in seinen Stuhl zurück und schaute grimmig in die Landschaft. Die Bedienung brachte die bestellte Lasagne. Zondler schob sie etwas auf die Seite, denn mitten in einer Befragung konnte er wohl schlecht anfangen zu essen. Obwohl sein Magen knurrte und der Teller höchst verführerisch duftete.

»Herr Kühn, ich will Ihnen da gar nichts unterstellen, uns wurde eben erzählt, dass Sie eine Beziehung zu Frau Schaich hatten und das war sehr glaubwürdig. Sie können tun und lassen, was Sie möchten, das geht uns gar nichts an, es ist ja schließlich nicht strafbar, ein Verhältnis zu haben. Ich muss es auch nicht öffentlich machen. Verstehen Sie, was ich meine. Ihre Frau braucht nichts davon zu erfahren. Aber für unsere Ermittlungen wäre es ein Teil zur Aufklärung, was Frau Schaich so gemacht hat in ihrem Leben.«

Zondler versuchte, möglichst harmlos zu tun, aber ob das klappen würde?

»Den Teufel werde ich tun und Ihnen mein Herz ausschütten oder Privates erzählen! Es tut mir sehr leid für die Yvonne, wir hatten eine schöne Zeit. Alle vier zusammen versteht sich, aber die ist vorbei. Seit sie weggezogen sind, hatten wir eh nicht mehr so viel Kontakt und seit bestimmt zwei Jahren hab ich keinen mehr von ihnen gesehen.«

»Ja dann, das war's fürs Erste, Herr Kühn. Vielen Dank, dass Sie sich die Zeit genommen haben. Wollen Sie mir noch beim Essen Gesellschaft leisten?«

»Danke nein, ich setz mich jetzt mal lieber an den Damentisch und erzähle denen, was Sie von mir gewollt haben. Sie platzen sonst demnächst vor Neugierde und außerdem muss ich meinen Ruf retten. Sie sehen ja, wie schnell der ruiniert ist.«

Er wechselte den Platz und Zondler konnte sich endlich seiner Lasagne widmen, die glücklicherweise noch heiß war.

Bei den Frauen wurde geflüstert und gekichert. Ab und zu streifte ihn ein Blick. Kühn schien sich bei dem albernen Haufen sehr wohl zu fühlen – der reinste Gockel. Nach dem Essen ging Zondler zum Parkplatz und wollte gerade einsteigen, als er von hinten angesprochen wurde.

»Herr Kommissar, man soll doch immer sagen, wenn man was weiß, oder?«

Der so Angesprochene dreht sich um. Er sah sich einer der Tennisdamen gegenüber, die nervös hinter sich schaute.

»Ja, das muss man sogar«, bekräftigte er. »Was möchten Sie mir denn erzählen?«

»Ich möchte niemanden schaden oder was Dummes in die Welt setzen. Aber ich weiß, dass die Yvonne und der Tobias was miteinander hatten. Der Tobias ist ja ein ganz Flotter und hat eigentlich mit allen immer so ein bisschen geflirtet. Ich hab ihn mal mit Yvonne im Keller vor der Dusche knutschen sehen. Die beiden waren so vertieft, die haben rein gar nichts mehr von der Welt mitgekriegt.«

»Danke Frau ...?«

»Weber mein Name. Aber bitte lassen Sie mich da draußen, sonst krieg ich Riesenärger mit den Kühns. Dann will ich lieber nichts gesagt haben.«

Frau Weber entfernte sich mit schnellen Schritten und schaute abermals nervös nach hinten, ob sie auch wirklich keiner im Gespräch mit dem Polizisten beobachtet hatte.

Zondler lehnte am Kotflügel seines Wagens und überlegte. Da schien einiges zu laufen in diesem Tennisclub. Dem Kühn glaubte er kein Wort, der hatte es faustdick hinter den Ohren. Er hatte auch gar nicht erwartet, dass er von sich aus bei diesem ersten Gespräch irgendetwas zugeben würde. Aber er würde dranbleiben.

Aichele war unterdessen nicht faul gewesen. Er hatte sich zuerst eine Liste der Gemeinderäte ausgedruckt und arbeitete diese nun ab. Da viele Mitglieder des Gremiums bereits im fortgeschrittenen Alter waren und in Rente, hatte er Glück und erreichte die meisten. Allerdings war kaum jemand bereit, am Telefon Auskünfte zu geben, was durchaus verständlich war.

So war er jetzt bereits beim vierten Hausbesuch. Laut seiner Liste war Herbert Wolf Chef der örtlichen CDU und stellvertretender Bürgermeister. Das Einfamilienhaus stand am Ortsrand. Es wurde von makellosen unkrautfreien Blumenbeeten umsäumt. Ein grauhaariger älterer Herr war gerade dabei, die Biotonne mit einem Wasserschlauch und Bürste zu säubern. Offensichtlich hatte er viel Übung darin, denn er ging der Aufgabe mit schwäbischer Begeisterung nach. Der Kommissar stellte sich vor, woraufhin Wolf seine Putzutensilien weglegte und den Wasserhahn zudrehte.

»Kommet Se no rei, die Tonne läuft net davo, des kann i später fertig macha«, wurde er freundlich begrüßt. Im Wohnzimmer angekommen, fragte Herr Wolf, ob er ihm etwas anbieten könne. Aichele sagte nicht Nein und meinte, ein Kaffee wäre nicht schlecht. Die Herren nahmen Platz. Nach wenigen Minuten kam Frau Wolf, die Ehefrau des Freizeitpolitikers, aus der Küche und servierte Kaffee und Flachswickel.

»Also, Herr Wolf, Sie wissen sicher Bescheid über die Ereignisse auf dem Friedhof. Wie war das damals, als die Frau Schaich hier Bürgermeisterin war? Wie war das Zusammenspiel in der Kommune, war sie beliebt, hatte sie Feinde?«

»Beliebt ist man bei den einen und bei den andern nicht, das ist immer schwierig. Die Frau Schaich hatte auf jeden Fall das Heft in der Hand. Sie war eine Führungspersönlichkeit und alles funktionierte wunderbar, wenn man mit ihr einer Meinung war. Also, unsere Fraktion hatte keine Schwierigkeiten mit ihr oder der Verwaltung. Wenn es ein Problem gab, dann hat man halt im Vorfeld gschwätzt und es irgendwie geregelt.«

»Und wie sah's bei den andern Gemeinderatsfraktionen aus?«

»Da war die Lage nicht ganz so einfach. Wisset Sie, wir Konservative haben immer die Mehrheit hier, da können die andern zwar wollen, werden aber meistens von uns überstimmt. Das ist sicher manchmal schwierig zu verdauen, aber für uns ist's gut.«

»Und die Bürgermeisterin, zu wem hat sie mehr tendiert?«

»Ha, zu uns natürlich, alles andere wär schee blöd gwesa.«

»Also war vieles schon vor den offiziellen Sitzungen besprochen und der Rest der Gemeinderäte war mehr oder weniger handlungsunfähig?«

»Hört sich net gut an, trifft's aber ziemlich genau.«

»Herr Wolf, gibt's im Gremium, bei der Verwaltung oder auch bei den Bürgern jemanden, der die Frau Schaich so gehasst haben könnte, dass er sie beseitigt hat? Ist Ihnen da mal was aufgefallen, haben Sie was gehört? Hass wird manchmal lange versteckt, bis er zum Ausbruch kommt. Es kann also schon lange zurückliegen?«

»Also, an Feinden hat's der Schaich sicher nicht gemangelt. Sie konnte sehr rücksichtslos sein und sich dann hämisch freuen, wenn sie jemanden über den Tisch gezogen hatte. Den Zähringer zum Beispiel, den hat sie oft in der Sitzung gepiesackt.«

»Was heißt das genau?«

»Also der Zähringer, der ist ein ziemlich Grüner. Er hat eigentlich auch viel Sachverstand, aber irgendwie kein Talent, das rüberzubringen, oder sagen wir mal, mit den richtigen Leuten zusammenzuarbeiten. Der ist so übergenau, das nervt einfach. Jedenfalls hat er unserer Bürgermeisterin immer sehr auf die Finger geschaut und sie des Öfteren angegriffen, was die Schaich ihm sehr übel genommen hat. Bei jeder Gelegenheit hat sie den Zähringer ausgebremst, ihn lächerlich gemacht in den Sitzungen und hinten rum Schlechtes über ihn erzählt. Ich könnte mir schon vorstellen, dass der sie gehasst hat. Aber umbringen? Das ist doch noch mal was ganz anderes. Dazu ist der auch nicht aggressiv genug.«

Aichele beendete an dieser Stelle das Gespräch, lobte die Flachswickel und verabschiedete sich nach einigen Minuten.

Das mit dem Gemeinderat Zähringer hörte sich nicht uninteressant an, zumindest war es der erste Hinweis auf Unstimmigkeiten. Bei den drei vorangegangenen Besuchen hatte er nur von eitel Sonnenschein im Gemeinderat gehört, und wie toll das Verhältnis mit der Verwaltung sei, geradezu heilige Zustände. Er schaut auf seiner Liste nach der Adresse von diesem Zähringer. Da stand er ja: Johann Zähringer, Sommerhalde sechs. Aichele beschloss, ihn als Nächsten aufzusuchen.

Vor dem Haus war ein größerer Stellplatz. Aichele stieg aus, ging zur Haustür und drückte auf die untere Klingel.

»Wer isch dussa?«, schallte ihm eine sehr laute, resolute Stimme aus der Sprechanlage entgegen, sodass er einen Satz von einem halben Meter nach hinten machte. Sein Herz schlug schneller, so sehr hatte er sich erschreckt. Die brauchen hier auch keinen Kettenhund, dachte er. Aber so ein ähnliches Warnschild wäre nicht schlecht gewesen.

»Kommissar Aichele von der Kripo Stuttgart, guten Tag. Ich möchte gern den Herrn Johann Zähringer sprechen.«

»Wer? I verstand Sie so schlecht?«

Aichele wiederholte noch einmal, was er gesagt hatte.

»Da müsset Se oba klingla, net bei mir. Ond außerdem isch er net dahoim, sondern beim Schaffa.«

Inzwischen hatte sich die Haustür geöffnet und eine alte, sehr eindrucksvolle Dame mit schlohweißem Haar schaute ihn neugierig an.

»Polizei? Was wollet Sie denn von mein Sohn?«

Aichele beschloss, die Gelegenheit zu nutzen, denn alte Frauen wissen meistens viel vom Dorftratsch. Vielleicht bot sich hier eine gute Chance, Internes zu erfahren.

Frau Zähringer ließ kein gutes Haar an der Exbürgermeisterin, sie sei ein scheinheiliges Luder, direkt mannstoll und eine Betrügerin gewesen. Das war so in etwa die Quintessenz ihrer lautstarken Ausführungen. Ihrem Sohn habe sie Prügel in den Weg geschmissen, wo's nur ging. Der habe sich zwar ständig aufgeregt, aber was solle man machen? Nein, sie habe nie etwas von Racheplänen gehört, ihr Bub könne keiner Fliege was zuleide tun, wie er denn auf so einen Gedanken käme? Direkt unverschämt, so was!

Aichele fragte noch mal nach, wo er den Herrn Zähringer wohl finden könnte und erhielt die Büroadresse im Gewerbegebiet. Aufatmend verließ er die streitbare Seniorin. Mit der möchte ich keinen Ärger haben, dachte er, die weiß noch ganz genau was sie will und was nicht.

Das Gewerbegebiet von Glückhausen war relativ überschaubar und so fand Aichele die angegebene Adresse schnell. Von einem Büro war allerdings nichts zu sehen. Dafür hörte er aus einer offenen Werkstatthalle rhythmisches Klopfen und Hämmern. Er folgte den Geräuschen und sah auch bald ein Paar Beine unter einem Lastwagen hervorschauen. Bei der nächsten Klopfpause machte er sich bemerkbar. Ein Mann mittleren Alters schob sich unter dem Auto heraus und stand auf.

»Grüß Gott, was gibt's?«

Zum wiederholten Mal an diesem Tag stellte Aichele sich vor und fragte höflich an, ob er mit Herrn Zähringer spreche und ob er wohl ein paar Minuten Zeit für ihn hätte.

»Wenn es Sie nicht stört, dass ich dabei hier weiterarbeite. Der Lastwagen muss heut noch fertig werden, damit er am Montag einsatzbereit ist. Sie können mir ja vielleicht die passenden Muttern reichen, wenn ich die Schrauben drin habe.«

»Ich werde mir Mühe geben, auch wenn das nicht unbedingt mein Spezialgebiet ist«, antwortete Aichele lächelnd.

Er informierte Zähringer über die Sachlage, soweit er es für nötig hielt. Dann befragte er ihn zum Gemeinderat und zu seinem Verhältnis mit Frau Schaich.

»Man soll nicht schlecht über Verstorbene reden, und vorbei ist vorbei. Aber unsere Zusammenarbeit war schwierig. Ich bin sehr für Offenheit und Transparenz in allen kommunalen Angelegenheiten. Das hat manchen Leuten nicht so gepasst und ich war wohl das schwarze Schaf für sie. Die Menschen mögen es nicht, wenn man sie durchschaut und ihnen zu genau auf die Finger sieht. Vielleicht mögen sie auch das nicht, was sie dann im Spiegel sehen und dieses Unbehagen kriegt dann der Verursacher zu spüren.«

»Ich habe gehört, die Rathauschefin hat Sie bloßgestellt und schlechtgemacht. Haben Sie das heiter gelassen genommen oder hatten Sie nicht allen Grund, wütend auf sie zu sein, ja, sie sogar zu hassen?«

»Klar hat mir das gestunken und eine Riesenwut hab ich oft gehabt. Aber was hätte ich tun sollen? Sie umbringen? Ich bitte Sie! Dazu bin ich nicht der Typ. Außerdem, schlägt man den einen Kopf ab, wächst ein neuer nach. Was hätte ich davon gehabt? Diese Seilschaften sind so verstrickt untereinander, man hat doch keinerlei Chance, das aufzudecken. Nein, nein, ich war nur froh, als sie zurückgetreten ist, und habe gehofft, dass es ein bisschen besser wird mit dem Neuen.«

»Und, ist es besser geworden?«

»Ja schon, allerdings sind noch genug von der alten Garde im Gemeinderat, allzu viel hat sich nicht geändert, aber der Umgangston hat sich auf jeden Fall verbessert.«

»Herr Zähringer, was wissen Sie denn über die angeblichen Liebschaften von Frau Schaich?«

»Ich nehm mal an, weniger als die meisten. Mich interessiert das nicht so. Für möglich halte ich bei ihr so gut wie alles, aber das ist ihre Sache und geht mich nichts an. Solange sie nichts mit mir anfangen will.«

»Und, hat sie es mal versucht?«

»Ja, ganz am Anfang ihrer Amtszeit. Aber da ist sie an den Falschen geraten. Erstens aus Prinzip und zweitens war sie überhaupt nicht mein Typ. So, und jetzt geben Sie mir mal bitte die vier Schraubenmuttern, die in der Blechschale da neben Ihnen liegen.«

Aichele tat wie ihm geheißen. Das Gespräch wandte sich anderen Themen zu. Der Werkstatt, den Kleinunternehmern am Ort, der wirtschaftlichen Situation. Der Kommissar fand Zähringer durchaus sympathisch. Er hielt ihn für einen interessanten Mann mit teils ungewöhnlichen Ansichten und glaubte zu verstehen, dass genau diese Denkweise bei den Konservativen im Ort nicht so gut ankam. Ein Blick auf die Uhr sagte ihm, dass es Zeit zum Heimfahren war. Zondler war vielleicht auch schon auf dem Rückweg. Aichele verabschiedete sich und wünschte ein schönes Wochenende.

Die Straße war voll und er brauchte eine ganze Weile bis nach Stuttgart. Das störte ihn nicht, denn so konnte er die Ereignisse des Tages noch einmal innerlich ablaufen lassen und sortieren.

Als Aichele das Kommissariat betrat, saß sein Kollege Zondler bereits am Schreibtisch und erledigte lästigen Schreibkram.

»Na, was hast du rausgefunden? Irgendwelche schwarzen Schafe im Gemeinderatsgremium?«

Zondler sah seinen Kollegen erwartungsvoll an.

»Bis jetzt sieht's nicht so aus. Nach außen hin herrscht eitel Sonnenschein. Dem Zähringer geht's nicht so gut im Gemeinderat. Der ist zwar dort der Sündenbock für alles und hätte durchaus ein Motiv. Aber vorstellen kann ich mir den als Täter nicht. Ein ganz ruhiger Mensch, sympathisch und mit, wie mir scheint, recht vernünftigen Ansichten. Ich glaub nicht, dass der zu solchen Mitteln greifen würde. Aber wir bleiben trotzdem dran, denke ich, denn genau weiß man es ja nie.«

»Stimmt. Die Sympathischen können auch die Bösen sein«, setzte Zondler mit einem Kopfnicken dazu.

»Und bei dir?«, fragte nun Aichele seinerseits.

»Ich bin beim Kühn auf Granit gestoßen. Der wirkt ziemlich abgeklärt und kalt. Er hat bestritten, dass er was mit der Schaich gehabt hat. Nur gute Freunde seien sie gewesen. Aber auf dem Parkplatz ist mir eine seiner Tennisbekanntschaften hinterher. Die hat erzählt, dass sie den Kühn und die Schaich beim Knutschen gesehen hat. Wahrscheinlich ist die Freundin eifersüchtig, weil sie nicht vom attraktiven Tennislehrer beglückt wurde, und will ihm jetzt eins auswischen. Ich denke, den Kühns werden wir nächste Woche wieder auf die Pelle rücken. So, Aichele, ich würd sagen, für heut ist Schluss. Da keine Gefahr im Verzug ist, gönnen wir uns hoffentlich mal ein schönes, ruhiges Wochenende. Irgendwelche Pläne?«

»Mal seh'n, vielleicht morgen ins Kino. Heute Abend mit meinen Volleyballkumpels in die Kneipe.«

»Na dann, viel Spaß und bis Montag.«

Kaum hatte Aichele das Büro verlassen, holte Zondler sein Handy aus der Tasche und suchte die Nummer von Jette heraus. Während er darauf wartete, dass sie ans Telefon ging, klopfte sein Herz schneller als sonst. Nicht zu glauben, jetzt bin ich schon so ein alter Dackel und nervös wie ein Schulbub, nur weil ich eine Frau anrufe, dachte er. Nach dem sechsten Klingelton hörte er ihre Stimme.

»Ja hallo«, sagte er. »Hier ist der Peter. Ich bin der aus dem Hoorschlotzer, falls du dich erinnerst. Du wolltest mich doch mal zu eurem Lauftraining mitnehmen.«

Jette musste nicht lange nachdenken.

»Ja klar, erinnere ich mich. Du willst also wirklich mit? Prima – also heut Abend um sechs Uhr treffen sich ein paar vom Verein oben am Parkplatz beim Fernsehturm. Hast du Stöcke? Falls nicht, kann ich dir welche ausleihen.«

»Das wär nett, ich hab keine, ehrlich gesagt, hab ich das noch nie gemacht. Muss ich sonst was beachten oder mitbringen?«

»Ne, nur gute Schuhe halt. Und zieh dich nicht zu warm an. Dir wird ordentlich warm werden beim Laufen. Stöcke bring ich dir mit, die kann man auf deine Körpergröße einstellen.«

»Vielen Dank, dass ich mit darf. Ich freu mich, bis dann!«

»Ja bis dann, ich freu mich auch.«

Zondler beendete das Gespräch und sah glückselig vor sich hin. So, das war ja gar nicht so schwer gewesen. Er freute sich wirklich auf Jette. Das mit dem Lauf würde er schon hinkriegen, konnte ja so schwer nicht sein, zusätzlich zwei Stöcke durch die Luft zu schwingen.

Daheim schaute er seine Sportsachen durch, duschte und machte sich sorgfältiger zurecht als sonst. Bald war es Zeit loszufahren und er machte sich auf den Weg. Er war seit Längerem nicht mehr am Fernsehturm gewesen, vielleicht ergab sich nach dem Lauf noch die Möglichkeit hochzufahren und das nächtliche Stuttgart von oben anzuschauen, eventuell sogar zusammen mit Jette.

Glücklicherweise war der Turm nach einer längeren Zwangspause wieder geöffnet. Nachdem es seitens der Feuerwehr Schwierigkeiten mit dem Fluchtweg übers Treppenhaus gegeben hatte, war das Wahrzeichen von Stuttgart ziemlich lange für Besucher gesperrt gewesen. Das wurde von der Bevölkerung nicht gut aufgenommen. Inzwischen hatte man eine Lösung gefunden und der Betrieb lief wieder normal. Die Stuttgarter waren glücklich, ihren Fernsehturm wiederzuhaben. Sie besuchten ihn mit neu erwachter Begeisterung.

Den verabredeten Parkplatz fand er ohne Probleme und blieb erst mal im Auto sitzen, denn anscheinend war er der Erste. Nicht lange und ein kleiner grüner Mini hielt neben ihm. Jette stieg aus.

»Hallo – na, du kannst es wohl gar nicht erwarten«, begrüßte sie ihn lächelnd. Die junge Frau sah toll aus, fand Zondler. Sportlich dynamisch, aber auch in sich ruhend. Ihm wurde bewusst, dass er erstens einige Jährchen älter und zweitens um vieles gewichtiger war.

»Grüß dich, danke erst mal, dass du mich Anfänger überhaupt mitnehmen willst.«

»Kein Problem, wir haben öfters mal Neue dabei. Die einen bleiben und die andern kommen nie wieder.«

Inzwischen waren noch zwei Autos rangefahren und spuckten insgesamt fünf Leute aus. Zondler wurde vorgestellt und freundlich aufgenommen. Jette holte die geliehenen Stöcke aus ihrem Mini. Gewissenhaft stellte sie sie auf Zondlers Körpergröße ein. Dann erklärte sie ihm, wie er die Dinger halten müsse und dass man sie keineswegs nur so mitschleife, sondern aktiv einsetze.

Er lief ein bisschen mit ihr hin und her und dann ging es richtig los. Zondler strengte sich mächtig an. Die ersten paar Hundert Meter ging es noch recht gut. Aber dann wurde es zunehmend anstrengender und er kam ins Schnaufen. Die andern fünf liefen schon ein gutes Stück voraus, dann kam er und hinter ihm Jette, die ihm immer wieder Kommandos zurief.

»Den Stock fest greifen beim Vorwärtsbewegen, loslassen, wenn er nach hinten schwingt. Dynamischer einsetzen. Denk an deine Körperhaltung, immer schön aufrecht, Kopf nach oben und geradeaus!«

Der arme Polizist, der dachte, er sei eigentlich relativ fit, kam gehörig ins Schwitzen. Er fühlte sich angespannt und gehetzt. Nach einer Dreiviertelstunde kamen sie an einem Sportplatz auf der Waldau vorbei. Zondler sah nicht, dass dort in einer Gaststätte der Kollege Aichele ungläubig zu ihm herunterblickte. Er saß dort mit seinen Volleyballkumpels gemütlich beim Bier, als die kleine Schar »Schneckenstecher« – wie sie von manchen boshaft genannt wurden – unten vorbeimarschierte. Der Vorletzte in der Reihe hatte einen hochroten Kopf und schien zu dampfen. Ja, er war es tatsächlich! Zondler in ungeahnter Aktivität. Sollte er sich bemerkbar machen? Aichele beschloss, sich ruhig zu verhalten, der arme Zondler hatte sichtlich zu kämpfen, damit er hinterher kam. Er wollte ihn nicht noch mehr aus dem Takt bringen. Außerdem kann ich ihn am Montag ein bisschen damit hochnehmen, dachte sich Aichele.

Die Lauftruppe näherte sich nun wieder dem Parkplatz. Die anderen wirkten locker und keineswegs außer Puste. Nur Zondler schnaufte wie eine alte Lokomotive. Sie machten noch ein paar Dehnübungen zum Abschluss, dann verabschiedeten sie sich voneinander.

»Und, wie hat es dir gefallen?«, fragte Jette.

»Gewöhnungsbedürftig«, antwortete er, immer noch kurzatmig.

»Ich hatte es mir nicht so anstrengend vorgestellt, du merkst ja, wie fertig ich bin. Wahrscheinlich war ich eine richtige Bremse für alle.«

»Quatsch, jeder kann sein Tempo laufen. Fürs erste Mal hast du dich ganz tapfer geschlagen. Schließlich muss man alles erst mal lernen. Nordic Walking wird allgemein unterschätzt, denn wenn man es richtig macht, ist es wirklich anstrengend.«

»Und einen Durst hab ich jetzt. Was hältst du davon, wenn wir noch was trinken gehen? Warum nicht gleich hier. Wir können auf den Turm fahren und die Aussicht genießen.«

»Naja, wir sind aber ziemlich verschwitzt, meinst du, die lassen uns so rein? Aber eine große Apfelschorle wär wirklich nicht schlecht.«

»Also ich kann schnell ein anderes T-Shirt anziehen, dann muffle ich hoffentlich nicht gar so. Nimmst du mich dann mit?«

»Okay, ich geh mal kurz da rein und wasch mir die Hände. Wir treffen uns dann am Kassenhäusle.«

Jette verstaute die Stöcke im Auto, zog ein anderes Paar Turnschuhe an und nahm eine Tasche vom Beifahrersitz. Dann verschwand sie in Richtung Eingang. Zondler ließ sich kurz auf seinen Autositz fallen und schnaufte kräftig durch. Dann zog er das klatschnasse Hemd über den Kopf und rubbelte sich mit einem Handtuch trocken. Gut, dass er Ersatzklamotten mitgenommen hatte. Sogar das Deo kam noch kurz zum Einsatz. Halbwegs wiederhergestellt, verschloss er sein Auto und ging hinter Jette her.

Die kam soeben aus der Damentoilette. Auch sie hatte ein frisches Top übergezogen und duftete leicht nach Lavendel. Zondler atmete den frischen Duft tief ein. An der Kasse lasen sie, dass man bis dreiundzwanzig Uhr auf den Turm fahren konnte. Das Bistro hatte auch so lange auf. Oben angekommen, traten sie erst einmal auf die Plattform hinaus und sahen ins dunkel werdende Stuttgart hinunter.

»Schön, nicht?«, fragte Jette. »Ich bin schon lang nicht mehr hier oben gewesen, das war eine gute Idee.«

»Ich war auch schon ewig nicht mehr hier. Das Beste ist, dass es jetzt nicht mehr so voll ist. Tagsüber ist meistens Gedrängel, glaube ich.«

Sie umrundeten die Plattform und gingen dann einen Stock tiefer ins Café. Dort war wirklich nicht mehr viel los. Sie fanden mühelos einen schönen Platz. Aus dem einen Apfelschorle wurden zwei. Sie unterhielten sich über Gott und die Welt. Zondler erzählte ihr, dass er bei der Kriminalpolizei sei und Jette erzählte ihm ihrerseits von ihrem Berufsalltag als Buchhändlerin. Sie alberten eine Weile herum und malten sich aus, dass er ihr die spannenden Fälle als Vorlage liefern könne. Sie würde daraus dann Geschichten machen, die natürlich zu Bestellern würden. Der Abend verging wie im Flug und er hatte sich schon lange nicht mehr so aufgekratzt gefühlt. Gegen zehn Uhr verabschiedeten sie sich am Parkplatz und versprachen, sich künftig öfters zum Laufen zu treffen. Jette wünschte ihm noch, etwas hämisch grinsend, einen schönen Samstag.

Als Zondler am Samstagmorgen seine Beine aus dem Bett schwingen wollte, hatte er immense Schwierigkeiten. Sogleich fiel ihm wieder Jettes Grinsen vom Vorabend ein. Die hatte wohl schon geahnt, dass er heute Morgen einen tierischen Muskelkater haben würde. Ja, das war heftig. Vorsichtig schob er ein Bein nach dem andern aus dem Bett und brachte sich dann in die Senkrechte. Auch die Trizepsmuskeln an den Armen schmerzten etwas, aber das ließ sich aushalten. Er schlurfte ins Bad und nahm erst einmal eine heiße Dusche.

Nach dem Abtrocknen stellte er sich nackt vor den Spiegel und machte eine Bestandsaufnahme. Hm. Vor ein paar

Tagen wäre er wohl noch ganz zufrieden gewesen, aber jetzt? Er versuchte, sich mit Jettes Augen zu sehen: Da stand ein Mann in den Fünfzigern, nicht direkt übergewichtig, aber eindeutig bauchlastig. Eine Kugel wölbte sich direkt unter den Rippenbögen deutlich nach vorne. Die Oberarme wirkten auch nicht mehr so muskulös und straff wie früher. Der Bizeps hing etwas. Die Haare waren alle noch da, wenigstens etwas Erfreuliches. An den Silberfäden, die sich durch das Braun zogen, störte er sich nicht.

Zondler stieg auf die Waage, die seit Langem ein Schattendasein unterm Badezimmerschrank führte und entsprechend eingestaubt war. 96 Kilo bei 1,74 Meter Größe, das war wohl eindeutig zu viel. Nachdenklich zog er sich an und beschloss, seinem Leben endgültig eine neue Richtung zu geben. Bewegung, Krafttraining und eine gesündere Ernährung. Er wollte an sich arbeiten, sich selber Gutes tun, statt den Körper zu bestrafen. Und er wollte Jette. Es war so schön gewesen mit ihr gestern und er hoffte, dass Jette das auch so sah. Bei ihm flatterten die Schmetterlinge immer noch sanft im Bauch, wenn er an sie dachte. Seine Laune besserte sich zusehends. So langsam kamen auch die muskelkatergeplagten Beine wieder in die Gänge.

Beim Frühstück ließ er den ganzen Abend noch mal in seinem Kopf ablaufen. Er träumte mit offenen Augen vor sich hin und vergaß fast zu essen. Wie er es sich vorgenommen hatte, gab es heute wirklich Gesundes: ein Schüsselchen Haferflocken, ein paar Rosinen und einen geschnipselten Apfel. Dazu Milch, aber keine fettarme, die schmeckte nun wirklich nach gar nichts.

Was sollte er mit dem heutigen freien Tag anfangen? Zunächst mal ein bisschen Haushalt. Dann musste er einkaufen gehen, um den Kühlschrank etwas aufzufüllen. Naja und vielleicht schaute er mal in dem Buchladen vorbei, in dem Jette arbeitete. Mit diesem erfreulichen Ziel vor Augen, ging ihm die sonst leidige Hausarbeit schneller von der Hand als sonst. Gegen elf Uhr war er in der Innenstadt und stand bald schon vor der Ladentür der Buchhandlung »Lesezeit«. Drinnen herrschte reger Betrieb. Zondler schnupperte den typischen Geruch von Büchern und Papier.

Er stellte sich vor das Regal mit den Taschenbuchneuerscheinungen. Unauffällig schaute er sich nach Jette um. Sie kam gerade aus einem Nebenraum mit einem Stapel Gesangbüchern, die sie an einen Tisch mit Geschenkbüchern zur Konfirmation dekorierte. Als sie sich umdrehte, sah sie Zondler da stehen, der etwas verlegen aussah.

»Hallo Peter, hätte nicht gedacht, dass du schon wieder auf den Beinen sein kannst«, begrüßte sie ihn gleichzeitig forsch und scheu.

»Ich muss einiges in der Stadt erledigen und dachte, ich schau mal rein, wo du so arbeitest. Neugier ist bei mir so eine Art Berufskrankheit. Übrigens, ich hab einen tierischen Muskelkater, das war gestern doch anstrengender als gedacht. Mir scheint, ich brauch mehr Bewegung.«

»Das ist nur das Ungewohnte. Keine Sorge, das bessert sich schnell, wenn du dranbleibst.«

»Hab ich eigentlich vor. Nachher will ich mir noch Stöcke kaufen. Vielleicht könnten wir dann morgen eine kleine Runde zusammen laufen, vielleicht auf der Alb oder sonst wo. Was meinst du?«

»Keine schlechte Idee. Du solltest es aber nicht übertreiben am Anfang. Wir könnten auch ganz normal spazieren gehen. Hol mich doch einfach ab, sagen wir um halb zwei Uhr in der Schubartstraße fünfzehn?«

»Sehr gerne, ich freu mich! Was meinst du zu dem Krimi hier, kannst du mir den empfehlen?«

Er hielt den neusten Band von Mankell hoch.

»Wenn er dir nicht zu blutrünstig ist. Das ist nichts für zarte Gemüter«, grinste Jette.

Er beschloss, den Krimi mitzunehmen. An manchen Abenden hatte er wahrlich genug Muse zum Lesen. Peter Zondler verließ den Buchladen mit seiner Tüte und ließ eine nachdenkliche Jette zurück. Was wurde das wohl mit der neuen Bekanntschaft? Nur eine oberflächliche Nordic-Walking-Gemeinschaft oder eine echte Freundschaft oder gar eine Beziehung? Jette war unschlüssig. Peter war ihr sehr sympathisch, sie mochte ruhige Menschen, die sich nicht sofort in den Vordergrund drängen und produzieren und aufplustern. Von der Sorte gab es genug. Sie hielten nur kurzfristig das, was sie versprachen.

Ihre letzte Beziehung hatte unglücklich geendet. Der Ex hatte was Besseres gefunden. Aber sie war nun mal so, wie sie war. Sie dachte nicht daran, sich für einen Mann zu verbiegen. Es gab Zeiten in ihrem Leben, da war sie so müde und am Boden, dass nichts mehr Sinn machte in ihren Augen. Dann zog sich zurück wie ein krankes Tier und machte das mit sich selbst aus.

Als ihre Kollegin sie ablöste, ging Jette nach hinten ins Büro um die lästigen Rücksendungen zu erledigen. Das war immer eine stupide langweilige Arbeit, aber sie musste getan werden. Konzentriert saß sie über den Listen. Ihr Chef kam dreimal vorbei und jedes Mal sagte er: »Lächeln, Jette, lächeln!«

Das nervte! Sie wollte in Ruhe arbeiten und hier nicht die Grinsekatze spielen. Da fiel ihr ein, was sie kürzlich in einer Zeitschrift gelesen hatte. Schnell fischte sie ein größeres Stück Pappe aus dem Altpapier, malte ein großes lächelndes Gesicht darauf und klebte von hinten ein Lineal dagegen.

Als der Chef das nächste Mal vom Laden ins Büro lief, hielt sie ohne Worte das neue Smileyplakat hoch. Es war ein voller Erfolg. Herr Steininger lachte schallend und fand die Idee großartig. Er meinte, das Schild solle man aufheben.

Sicher habe der ein oder andere der Belegschaft mal wieder Bedarf.

Peter Zondler ging indessen wie geplant noch ein wenig einkaufen. In einem Sportgeschäft ließ er sich beraten und entschied sich schließlich für ein Paar Nordic-Walking-Stöcke, eine Funktionsjacke und leichte, bequeme Laufschuhe. Als er an der Kasse stand und bezahlte, kam von der gegenüberliegenden Seite ein alter Mann aus der Kundentoilette. Er lief geradewegs auf den Kassierer zu und sagte sehr laut:

»Saget Sie amol, wia lang gibt's denn des Gschäft hier jetzt?«

Der Kassierer stutzte und antwortete:

»Ich glaube, so ungefähr fünfzehn Jahre.«

»Ja, und genauso lang klemmt die Klotür scho ond koiner isch fähig, des endlich mol zum Richte«, erwiderte der Kunde und zog von dannen.

Der Kassierer und Zondler sahen sich verblüfft an. Sie mussten beide lachen. Zondler steckte seine Bankkarte ein, nahm seine recht große Tüte und verabschiedete sich freundlich. Den Rest des Tages verbrachte er in Vorfreude auf den Ausflug mit Jette. Den Mankell hatte er sich für den Abend vorgenommen. Er hatte schon angefangen. Eigentlich fand er den Krimi richtig gut. Er nahm sich vor, mit ihr morgen über das Buch zu reden.

Am Samstagabend war Jette mit ihrer Freundin Agnes zum Essen verabredet. Sie hatten sich seit Wochen nicht gesehen und wollten deshalb weder ins Kino noch zu einer sonstigen Veranstaltung. Einfach nur zusammensitzen und reden. Sie kannten sich seit ihrer Schulzeit. Seit sie beide denken konnten, waren sie beste Freundinnen, ohne das oft übliche Gezicke unter Frauen.

Agnes fragte dann auch umgehend, nachdem sie ihre Pizzabestellung aufgegeben hatten, was es denn so Neues gäbe.

»Irgendwas ist anders, du bist so hibbelig. Also mach's nicht so spannend und erzähl!«

Jette zierte sich nicht lange.

»Ich hab morgen eine Verabredung.«

»Na endlich! Du hockst schon viel zu lange allein daheim rum! Ich will alles wissen: wer, wie, wann, wohin – wirklich alles!«

Jette lachte.

»Du bist echt überhaupt nicht neugierig. Also, er heißt Peter, ist so um die fünfzig schätze ich, arbeitet bei der Polizei. Ich hab ihn kürzlich im Hoorschlotzer nach dem Walking kennengelernt. Er interessierte sich fürs Laufen und ich hab ihn einmal mitgenommen zum Training mit der Gruppe. Anschließend haben wir in dem Bistro auf dem Fernsehturm noch was getrunken. Mehr war nicht. Stell dir vor, heute früh stand er plötzlich bei mir im Buchladen. Wir haben für morgen einen Ausflug auf die Alb ausgemacht. So, jetzt weißt du alles, mehr gibt's nicht zu erzählen.«

»Wie sieht er aus? Und die Hauptsache, magst du ihn?«

»Er sieht ganz normal aus, ein wenig übergewichtig, aber nicht fett, eher kräftig. Mittelgroß, braune Haare, ein bisschen schüchtern, aber das ist sympathisch. Jedenfalls kein Aufschneider und Gockel. Ich glaub schon, dass er ein Netter ist, aber ich kenn ihn ja noch so gut wie gar nicht. Schauen wir mal.«

»Ich wünsch dir, dass was draus wird. Morgen Abend ruf ich dich an und frag dich aus!«

»Am liebsten würdest du wahrscheinlich mit auf die Alb kommen und uns beobachten, was?«

»Nö, ich hab morgen anderes zu tun. Wir feiern doch den Geburtstag von Sebastian nach. Da fällt die ganze Familie bei uns ein.«

Agnes war seit zehn Jahren verheiratet und hatte zwei Kinder, Sebastian und Mia. Dazu kamen noch jede Menge Opas, Omas, Tanten und Onkel. Ein reges Familienleben also. Ihr Leben war ein gänzlich anderes als das Single-Dasein von Jette.

Manchmal beneideten sie einander. Aber im Grunde war jede der zwei Frauen zufrieden mit dem eigenen Leben. Agnes wusste auch um die dunklen Stunden bei Jette. Soweit sie konnte und diese es zuließ, stand sie ihr zur Seite. Sie redeten noch eine ganze Weile über die Geschehnisse der letzten Wochen, ließen sich ihre Pizza schmecken und hatten einen gemütlichen Abend.

Pünktlich um halb zwei Uhr stand Peter am Sonntag vor Jettes Haustür. Sie kam ihm schon im Treppenhaus entgegen. Mit Turnschuhen und Anorak war sie genau richtig für einen Ausflug aufs Land angezogen.

Mit Zondlers Golf fuhren sie in Richtung Kirchheim und beschlossen, auf die Burg Teck zu wandern. Vom Wanderparkplatz aus ging es ganz schön steil den Berg hinauf. Oben angekommen genossen sie die Aussicht, schauten eine Weile den Segelfliegern zu, die wie immer über dem Berg kreisten und die Thermik ausnützten. Auch zur Sybillenhöhle stiegen sie noch runter. Jette erzählte ihm die alte Sage, die er schon fast vergessen hatte. In der Burgschenke nahmen sie eine Kleinigkeit zu sich. Sie saßen noch eine ganze Weile beim anschließenden Kaffee. Das Wetter war nicht allzu berauschend, daher waren nicht ganz so viele Ausflügler unterwegs wie an schönen Tagen. Zondler hätte auch das nicht gestört. Er genoss diesen besonderen Sonntag in vollen Zügen. Wann war er das letzte Mal so unbeschwert gewesen, wann überhaupt mit einer Frau unterwegs gewesen? Er konnte sich kaum noch erinnern.

Auch Jette machte einen glücklichen Eindruck. Sie saß entspannt auf einer Holzbank und sah in die Ferne. Als die Schatten länger wurden, gingen sie zurück zum Parkplatz, nicht ohne vorher noch eine Weile am Hörnle zu stehen und in die Abenddämmerung zu schauen. Zufrieden mit sich und der Welt lieferte Zondler Jette abends um acht Uhr wieder vor ihrer Haustüre ab. Anschließend fuhr er heim in seine eigene kleine Wohnung.

Was war nur los mit ihr? Jette lag im Bett, wälzte sich von einer zur anderen Seite. Die Gedanken spulten sich in ihrem Kopf mit immer größerer Geschwindigkeit ab. Sie liefen durch wie beim Back-up ihres Computers, eine Datei nach der anderen. Die Bilder und Wörter überschlugen sich.

Sie war schon auf dem Sofa weggedämmert, steinmüde und dachte, sie würde im Bett angekommen, endlich einmal sofort einschlafen. Aber nix da. Sie lag wach und der Schlaf war weitergezogen, wer wusste wohin. Seit ein paar Wochen ging das schon so. Ihr graute zunehmend vorm ins Bett gehen.

Nach außen wirkte Jette immer beherrscht, so als habe sie alles im Griff. Aber das war bei Weitem nicht so. Es gab Phasen, da war sie winzig klein wie eine Assel, besaß keinerlei Selbstbewusstsein und fühlte sich vollkommen alleine auf der Welt. Genauso verkroch sie sich auch im Untergrund und dunklen Ritzen. Warum nur, warum hatte sie immer wieder diese depressiven Schübe? Sorgen, klar, jeder hat Sorgen. Genau genommen waren es auch keine spektakulären Dinge, die ihr Kummer bereiteten, sondern das ganz normale Leben. Aber dieses Schwarzsehen, die Hoffnungslosigkeit und große Leere. Das war sicher nicht mehr normal. An diesen dunklen Tagen verkroch sich Jette am liebsten. Sie wollte niemandem lästig fallen mit ihrer Stimmung. Wenn sie mit jemanden reden würde, dann kämen ihr unaufhaltsam die Tränen. Also besser alleine sein.

Ob Peter das aushalten würde? Jette seufzte schwer. Bisher kannte er nur die fröhliche, unternehmungslustige Jette. Das war es, was sie nicht schlafen ließ. Sie machte sich Sorgen um die wachsende Beziehung, irgendwann würde er merken, dass was nicht mit ihr stimmte. Höchstwahrscheinlich würde er dann die Flucht ergreifen. Er wäre nicht der Erste. Schon mehrere Freundschaften waren an ihrer Depression zerbrochen. Die Menschen können es schlecht aushalten, wenn sich ihr Gegenüber in ein Schneckenhaus zurückzieht und nicht mehr erreichbar ist.

Aber Peter war ihr wichtig, sehr wichtig sogar! Es musste etwas geschehen und sie begann ernsthaft über Lösungsmöglichkeiten nachzudenken. Sie brauchte Hilfe, und zwar von außen. Alleine schaffte sie das nicht, das war ihr inzwischen bewusst. Es war endgültig an der Zeit, ihr Schneckenhaus zu verlassen. Gleich morgen rufe ich beim Hausarzt an und mache einen Termin, nahm sie sich vor. Endlich kam auch der Schlaf und erlöste sie für ein paar Stunden aus ihrem Gedankenkarussell.

In Glückhausen war heute das Glück nicht sehr präsent. Zumindest im Haus von Zahnärztin Kühn hing der Haussegen mehr als schief, und zwar schon das ganze Wochenende über. Die Kühns hatten eine ernsthafte Ehekrise. Schuld daran war natürlich diese vermaledeite Geschichte mit der Schaich. Dabei hatte seither alles so gut geklappt. Bettina Kühn war es die ganze Zeit gelungen, ihrem Mann zu verheimlichen, dass sie von dessen Affäre zur Bürgermeisterin wusste. Wohingegen er dachte, ihm sei es gelungen, eine kleine Liebschaft parallel zu seiner etwas langweiligen Gattin zu unterhalten.

So kann man sich täuschen. Bettina war zwar nicht grade rasend eifersüchtig, aber hier ging es auch ums Prinzip. Sie konnte sich doch nicht über Jahre an der Nase herumführen lassen und die zwei amüsierten sich über ihre Ahnungslosigkeit. Sie saß in ihrer Praxis und musste Geld verdienen, während er auf dem Tennisplatz umherhüpfte. Nein, nein, das musste bestraft werden. So war sie auf die Idee mit dem Quecksilber gekommen.

Immer, wenn die ahnungslose Yvonne auf ihrem Behandlungsstuhl saß, packte sie ihr eine gehörige Ration Quecksilber in ihre Füllung oder unter eine Krone. Das ließ sich problemlos arrangieren. Ihre Helferin war dann gerade draußen oder anderweitig beschäftigt. Sie war ja schließlich nicht blöd und konnte alles vorbereiten. Aus alten Beständen hatte sie noch einige kleine Behälter mit Quecksilber. Heutzutage wurde die Amalgammischung gebrauchsfähig geliefert. Aber vor vielen Jahren hatte sie diese noch selbst zusammenmixen müssen. So kam es, dass sie noch Restbestände in einem Schrank hatte. Dumm nur, dass die Polizei das jetzt entdeckt hatte. Frau Doktor Kühn machte sich ziemliche Sorgen, wie sie aus der Nummer wieder rauskommen sollte. Zudem plagte sie ihr Gewissen, denn sie wollte der Yvonne zwar einen Denkzettel verpassen, sie aber doch nicht ins Grab bringen. Auf jeden Fall war sie reichlich nervös.

Gestern hatte es dann einen großen Krach zwischen ihr und Tobias gegeben. Bei beiden lagen die Nerven blank. Deshalb hatte sie ihm schließlich ins Gesicht geschrien, dass sie von seinem Verhältnis gewusst habe. Worauf er zurückgebrüllt hatte, das sei ja auch nicht ohne Grund gewesen. Die Yvonne hätte wenigstens gewusst, wie man mit Männern umgeht. Sie hätten viele schöne Stunden gehabt. Das hatte gesessen und sie sehr in ihrer Ehre gekränkt.

So hatte ein Wort das andere ergeben. Heute, am Montagmorgen, war die Lage äußerst prekär. Jeder fühlte sich in die Enge getrieben und am Ende seiner Kräfte.

Bettina verzichtete auf ihren Kaffee. Sie schnappte ihre Sachen, dann fuhr sie in die Praxis.

Tobias Kühn seufzte dankbar auf. Er drehte sich noch einmal im Bett um, denn er hatte kaum geschlafen. Aber so bald am Morgen hatte er noch keinen Termin auf dem Tennisplatz. Daher konnte er sich noch ein wenig faul sein erlauben. Jetzt da alles raus war, fühlte er sich fast erleichtert. Das mit der Yvonne war eine schöne Zeit gewesen, aber es war auch schon eine ganze Weile vorbei. Seine Frau war zwar eine Langweilerin, aber verlassen wollte er sie nie. Dazu bot sie ihm zu viele Annehmlichkeiten.

Momentan war sie natürlich stinksauer, aber sie würde sich schon wieder beruhigen. Nur jetzt grade fühlte er sich dem nicht gewachsen. Er brauchte einfach mal Ruhe und kein keifendes Eheweib. Auch über den Fund von Yvonne in diesem Grab musste er dringend nachdenken. Das war doch schon sehr seltsam. Ganz im Innersten regte sich der leise Verdacht, ob seine langweilige Frau vielleicht doch nicht ganz so langweilig war.

Familie Häberle erhielt an diesem Morgen eine Nachricht aus dem Präsidium von Kommissar Aichele, dass die Untersuchungen am Grab ihrer Familie abgeschlossen seien. Es spräche nichts mehr dagegen, dass sie ihre Mutter nun endlich bestatten könnten. Woraufhin Häberles ihrerseits nach Rücksprache mit dem Pfarrer und dem Totengräber beschlossen, die Trauerfeier am Mittwoch abzuhalten. Alle waren froh, dass sich ein Ende der unangenehmen Geschichte abzeichnete.

Aichele legte soeben den Hörer auf, nachdem das Gespräch mit Frau Häberle beendet war, als Frau Wiesner zur Tür hereinkam und ihm mitteilte, dass ihre Recherchen auf Madeira zu keinerlei Erfolg geführt hatten. Offensichtlich war auf der ganzen Insel keine Yvonne Schaich gemeldet. Es gab nichts im Einwohnermeldeamt, nichts bei den Telefonauskünften und auch nichts von irgendwelchen Hotels oder Pensionen. Nur bei den Banken müsse man noch genauer nachhaken. Da käme sie nicht an Informationen ran, die hielten sich wie immer sehr bedeckt mit Auskünften.

Aichele runzelte nachdenklich die Stirn. Wenn es die Schaich offiziell dort gar nicht gab, dann ließ das schon tief blicken. Wer sagte denn, dass sie wirklich dort lebte? Bis jetzt wussten sie das nur vom Exmann und vom Hörensagen. Nachzuprüfen war auf jeden Fall, woher die Überweisungen an Herrn Schaich kamen und ob es diese wirklich gab! Von den regelmäßigen Zahlungen wussten sie auch nur von Herrn Schaich selber. Anscheinend wussten sie bis jetzt viele Dinge nur von ihm. Es war höchste Zeit, seine Angaben nachzuprüfen.

Als Zondler im Büro erschien, besprachen sie genau diese Dinge und gingen an die Aufgabenverteilung.

Aichele setzte sich daraufhin mit Herrn Schaich in Verbindung. Telefonisch fragte er freundlich an, ob er wohl noch einmal vorbeikommen dürfte, es gäbe noch ein paar

Fragen. Oder ob sie sich irgendwo treffen könnten, falls ihm das lieber wäre?

Herr Schaich war merkwürdig einsilbig, nannte ihm dann aber recht unfreundlich ein Café in Beuren, weil er eh noch was in der Gegend zu erledigen hatte. Aichele setzte sich in Bewegung.

Zondler beschloss, nach Glückhausen zu fahren und die dortigen Befragungen weiter zu führen.

Als Erstes fuhr er zur Zahnarztpraxis. Wollen wir doch mal sehen, was die Frau Doktor dazu sagte, wenn er sie mit der Affäre ihres Mannes konfrontierte, überlegte der Hauptkommissar im Auto.

Wie immer war Frau Doktor natürlich furchtbar beschäftigt. Aber Zondler verstand es, einen gewissen Druck zu machen. Er war schließlich nicht irgendeiner, der sich vordrängeln wollte, sondern es ging hier um dienstliche Ermittlungen.

Die Zahnärztin sah heute nicht besonders ausgeschlafen aus. Sie wirkte auch schlecht gelaunt.

»Was gibt es denn noch? Ich hab doch bereits ausgesagt. Außerdem hab ich hier zu tun. Die Leute warten nicht gern und es steht heut noch eine Menge auf dem Plan.«

»Tut mir leid, Frau Doktor Kühn, aber es muss sein. Ich mach das hier auch nicht zum Spaß. Wie Sie vielleicht wissen, hab ich inzwischen mit Ihrem Mann gesprochen und er bestätigt Ihre Angaben. Es geht da um das Verhältnis zwischen Ihnen beiden und dem Ehepaar Schaich. Dummerweise gibt es aber einen Zeugen, der Ihren Mann mit Frau Schaich beobachtet haben will, als sie Zärtlichkeiten ausgetauscht haben. Was sagen Sie denn dazu?«

Frau Kühn verkrampfte merklich und presste die Kiefer stark zusammen. Sie blieb eine ganze Weile stumm.

»Das ist eine üble Nachrede, das glaub ich nicht. Der Umgangston zwischen den Schaichs und uns war recht locker.

Vielleicht hat da jemand etwas falsch ausgelegt oder nur die Hälfte gesehen. Nein, nein, Herr Zondler, da hat man Ihnen was Falsches erzählt.«

»So, meinen Sie wirklich? Für mich hörte sich die Beobachtung durchaus glaubwürdig an. Sie können ja noch mal in aller Ruhe nachdenken, ich bin sicher, wir sprechen noch einmal darüber.«

Zondler überließ es Doktor Kühn, ob sie das als leichte Drohung auffassen wollte, und verabschiedete sich.

Er ging eine Runde durchs Dorf in Richtung Rathaus. Vielleicht erfuhr er dort noch mehr Einzelheiten zu Frau Schaichs Amtsgepflogenheiten. Die Rathaustüre war zu. Zondler sah nach einem Blick auf die Öffnungszeiten, dass heute kein Besuchertag war. Er wollte gerade klingeln, als sich die Türe öffnete und ein Mann das Rathaus verließ. Zondler nützte die Gelegenheit und schlüpfte hinein. Er stieg leise die Treppe hinauf und näherte sich dem Zimmer von Herrn Egelsberger. Die Tür war nur angelehnt. Zondler hörte so laute Stimmen, dass er sich nicht einmal anzustrengen brauchte, um das Gesagte zu verstehen. Eine Stimme gehörte eindeutig Egelsberger, der etwas nasal sprach. Dann war da wohl noch die Sekretärin Frau Unger, außerdem eine dritte männliche Person. Es ging lebhaft zu. Das Thema war eindeutig Yvonne Schaich.

»Ja, und was soll ich jetzt mit den Akten machen? Solange sie da sind, kann ich nicht so tun, als ob es die nie gegeben hätte«, sagte Frau Unger.

»Aber das darf auf keinen Fall an die Öffentlichkeit kommen. Sonst sind wir auch noch dran! Egal, ob die Schaich das im Alleingang gemacht hat oder nicht. Mit gefangen, mit gehangen, wie es immer heißt. Die hat uns wirklich ganz schön was eingebrockt«, antwortete die dritte Stimme.

»Also wirklich, das ist echt blöd gelaufen. Mir waren da ganz die Hände gebunden. Versteh mich richtig Herbert. In gewisser Weise war ich immer abhängig von ihr. Sie war die Chefin. Ich musste oft genug springen, wie sie wollte. Manchmal gegen mein Gewissen, aber versetz dich mal in meine Lage. Du hast sie ja auch gut genug gekannt und Sie auch, Frau Unger.«

Egelsberger hörte sich eindeutig aufgeregt, wenn nicht gar aufgelöst an. Zondler verhielt sich ganz still, denn das war äußerst interessant. Um welche Akten es wohl ging? Da lief doch wohl manches nicht sehr sauber ab in diesem Rathaus.

»Das ist eine absolute Oberscheiße damit Ihr es nur wisst! Ihr bringt mich da in eine unhaltbare Situation, egal was ich mache, es ist falsch. Am liebsten würde ich vom Amt zurücktreten! Wenn ich das Gremium benachrichtige, ist der Teufel los. Das bleibt dann nie mehr geheim. Was glaubt Ihr, was der Zähringer macht? Das ist ein gefundenes Fressen für den. Der zeigt uns doch alle an und es gibt einen Skandal und schlechte Presse ohne Ende. Womöglich müssen wir uns sogar vor Gericht verantworten. Ich darf gar nicht dran denken, mir wird ganz schlecht.«

»Aber vielleicht können wir das doch noch intern regeln«, meinte Egelsberger kleinlaut.

»Ja, mir wär das auch am liebsten, wenn wir eine Lösung finden, die keinen Wirbel macht. Ich muss mich erst mal besinnen, das war wirklich ein Schock. Frau Unger, am besten Sie geben mir die Akten mit und ich verwahre sie. Im Rathaus scheint mir das zu gefährlich zu sein. Wer weiß, wann dieser Zondler wieder hier auftaucht und in Sachen Schaich weiter ermittelt.«

Zondler, draußen vor der Tür, lachte in sich hinein und bedankte sich im Stillen bei Wolf, dem stellvertretenden Bürgermeister. Das war die fehlende dritte Stimme, die er nicht sofort zuordnen konnte. Er machte einen Schritt auf die angelehnte Tür zu, die er zügig mit Schwung öffnete.

»Grüß Gott zusammen, er ist schon da, ›dieser Zondler‹! Ich konnte nicht anders, als soeben Ihr Gespräch zu hören. Wenn ich bitten darf, Herr Wolf: Geben Sie mir die Akten, über die Sie grade gesprochen haben. Ich bin verpflichtet, alles zu überprüfen, was für den Tod vom Frau Schaich relevant sein könnte. Das hier scheint mir wichtig zu sein.«

Die drei Anwesenden schauten ziemlich betreten. Sowohl Wolf als auch Egelsberger versuchten sich hinter irgendwelchen Gemeinderatsparagrafen zu verstecken, aber es nützte nichts. Letztendlich schob sich Zondler einen dicken harmlos aussehenden Leitzordner unter den Arm.

»Frau Unger, Sie haben den Ordner hergebracht. Darf ich fragen, woher Sie ihn haben und ob Sie von seiner Existenz wussten?«

Frau Unger war sichtlich verunsichert und durcheinander.

»Ich war heut früh im Keller unten, um etwas im Archiv zu suchen. Da fiel mir der Ordner auf. Er stand hinter den anderen und war auch nicht beschriftet. Ich wollte nur mal schauen, was da überhaupt drin ist und ihn ordentlich archivieren. Aber als ich den Inhalt sah, kam mir das schon sehr seltsam vor. Ich hab ihn mitgenommen und dem Herrn Egelsberger gezeigt. Tja und dann kam der Herr Wolf dazu. Den Rest wissen Sie ja.«

»Und Sie Herr Egelsberger, sind wohl vertraut mit dem Inhalt der Akten?«

»Nicht richtig, nur ansatzweise. Frau Schaich bat mich seinerzeit um einige Informationen, die ich ihr besorgen sollte. Für was, war mir damals nicht klar. Ich wollte es ehrlich gesagt auch nicht so genau wissen.«

»Kann mir jemand von Ihnen vielleicht ganz grob den Inhalt wiedergeben?«

»Es geht um Grundstückssachen, Bebauungspläne für eine Neuansiedlung und Vorgespräche mit dem Betreiber.«

»Aha. Und was sollte da angesiedelt werden?«

»Eine große Recyclinganlage mit allem Drum und Dran. Die Größte in Baden-Württemberg, privat betrieben und vom Land gefördert. Sie können sich denken, dass so was erst mal ganz flach gehalten werden muss, sonst gehen die Bürgerproteste gleich los. Aber irgendwohin müssen die Dinger ja. Für Glückhausen hätte sich das finanziell sicher gelohnt. Ein paar Arbeitsplätze wären auch dabei herausgekommen.«

»Ja, und jede Menge Verkehr, Abgase und Dreck, nehm ich an. Klar, dass das den Glückhausenern nicht geschmeckt hätte«, warf Zondler ein.

»Wie gesagt, ich hatte fast nichts damit zu tun, das war alles Chefsache und obergeheim. Ich dachte, das sei erledigt und das Projekt ad acta gelegt, nachdem ich nichts mehr davon gehört habe.«

»Wann war denn das zeitlich?«, fragte Zondler nach.

»Hm, das dürfte so vor ungefähr zwei Jahren gewesen sein. Ich hab da gar nicht mehr dran gedacht, seit die Frau Schaich zurückgetreten ist. Beim neuen Bürgermeister war das auch übrigens noch nie ein Thema.«

»Warum sind Sie mit der Akte nicht zum Herrn Walter gegangen. Der ist schließlich Ihr Bürgermeister?« Diese Frage richtete Zondler sowohl an Frau Unger, als auch an Herrn Egelsberger gewandt.

»Ja also«, stotterte Frau Unger, »mir kam das halt ein bissle merkwürdig vor. Weil der Herr Egelsberger meistens Bescheid weiß, bin ich halt erst zu ihm und der Herr Wolf ist auch grad da gewesen. Sie wissen ja, dass er schon damals stellvertretender Bürgermeister war, als die Frau Schaich noch bei uns war. Da dachte ich halt, naja.«

»Soso, da dachten Sie. Also, ich nehm das hier mal mit. Vielen Dank auch«, schloss Zondler das Gespräch und verließ die Amtsstube.

Das hat sich gelohnt, dachte er und war sich sicher, einen großen Schritt weiter gekommen zu sein. Die Exbürgermeisterin hatte da wohl einen großen Deal am Laufen, der sicherlich auch ihr persönlich einiges einbringen sollte. Nicht umsonst kümmerte sie sich alleine um die Sache.

Kann sein, dass wir in nächster Zeit einigen größeren Tieren im Land ordentlich auf die Füße treten müssen, das kann noch Ärger geben. Er beschloss, einen Kaffee trinken zu gehen und dabei die Akten durchzusehen.

Aichele saß zur selben Zeit auch im Café, allerdings in Beuren und wartete auf Herrn Schaich, der sich bereits eine Viertelstunde verspätet hatte. Dann sah er ihn mit einem äußerst missmutigen Gesichtsausdruck zur Türe hereinkommen. Offensichtlich fand er keinen Gefallen an dem Treffen. Aichele stand auf und begrüßte ihn umso freundlicher.

»Guten Morgen, Herr Schaich, schön, dass Sie die Zeit gefunden haben. Ich bin Ihnen sehr dankbar, dass Sie uns noch einmal helfen wollen, es gibt da doch noch einige Unklarheiten. Sie verstehen sicher, wir müssen alles tun, um die Sache aufzuklären.«

»Sie sind gut. Ich hab eine Mordswut, das kann ich Ihnen sagen! Als Sie bei mir waren mit Ihrem Kollegen, haben Sie mir nicht gesagt, dass Sie meine Frau tot aufgefunden haben. Das ist eine Sauerei! Wenn mich nicht ein alter Bekannter aus Glückhausen angerufen hätte, wüsste ich es wohl immer noch nicht oder nur aus der Zeitung. Was denken Sie sich eigentlich? Erst am nächsten Tag habe ich eine offizielle Mitteilung aus dem Präsidium bekommen und irgendein anderer Kollege von Ihnen war bei mir zu Hause.«

Herr Schaich war zornesrot im Gesicht und Aichele konnte es sogar verstehen.

»Es tut mir leid, zum damaligen Zeitpunkt waren wir noch gar nicht ganz sicher, dass es sich bei der Toten um Ihre Frau handelt. Ich möchte mich hiermit ganz offiziell bei Ihnen entschuldigen, Herr Schaich. Die Umstände waren auch etwas ungewöhnlich. Sie wurde durch ihr Gebiss identifiziert. So konnten wir Ihnen den Besuch in der Pathologie ersparen. Höchstens, Sie möchten Ihre Frau noch einmal sehen?«

»Nein, ganz bestimmt nicht«, erwiderte Herr Schaich fast angewidert.

Was Aichele nicht wusste: Schaich war nicht so uninformiert, wie er sich gab. Beim letzten Besuch der Kommissare klingelten bei ihm sämtliche Alarmglocken. Selbstverständlich führte er ein paar Telefonate, um herauszubringen, was geschehen war. Die Neuigkeit, dass seine Frau tot aufgefunden wurde, erfreute ihn ganz und gar nicht, brachte das doch sein bisher beschauliches und wohlorganisiertes Leben durcheinander. Allerdings war er auch nicht der Typ, der gleich hyperventilierte, wenn etwas Unvorhergesehenes passiert. Also erst mal abwarten und beobachten sagte er sich.

»Ich hoffe trotzdem, dass Sie uns bei ein paar Kleinigkeiten helfen können. Uns machen die monatlichen Überweisungen an Sie stutzig. Wäre es wohl möglich, Ihre Unterlagen und Kontoauszüge einzusehen, damit wir die Einzahlungen verfolgen können?«

»Wieso das denn? Was soll daran seltsam sein? Aber von mir aus, ich habe nichts zu verbergen. Ich kann Ihnen die Belege zeigen.«

»Herr Schaich, wie war das seinerzeit in Glückhausen. Sind Ihnen Feinde Ihrer Frau bekannt? Sei's privat durch ihre Männergeschichten, die Sie ja selber erwähnt haben. Oder wissen Sie etwas über ihre Geschäfte im Rathaus? Da gab es doch sicherlich manche Auseinandersetzung, das ist normal in so einem Amt.«

»Keine Ahnung. Die kurzen Affären hab ich ganz weit aus dem Gedächtnis verdrängt. Ihr Amt hat mich nie interessiert. Mir war es schon zu viel, wenn ich ab und zu mal mit musste auf irgendeine Vereinsfeier. Das war so was von langweilig! Außerdem war meine Ex eine ganz Heimliche. Sie hätte nie irgendwelche brisanten Dinge mit mir besprochen. Ich hab mich aus allem rausgehalten und mein Leben gelebt. Wir waren mehr so eine Art Zweckgemeinschaft.«

Inzwischen war der bestellte Kuchen und der Kaffee gebracht worden. Aichele biss mit großem Appetit in seinen Zwetschgenkuchen. Herr Schaich hatte sich ein Weizenbier bestellt und trank einen großen Schluck. Er wischte sich den Schaum von der Oberlippe und sagte dann:

»Es ist so, Herr Aichele – die Zeit mit meiner Exfrau war nicht unbedingt die Schönste in meinem Leben. Ich bin froh, dass sie vorbei ist. Wobei ich ihr natürlich kein solches Ende gewünscht hätte. Wie gesagt, bisher dachte ich immer, sie lebt auf Madeira, verdient recht gutes Geld, womit auch immer und gibt mir großzügig davon ab. Es hätte ruhig so bleiben können. Bei uns war das eben ein wenig anders als bei anderen Ehepaaren. Sie war der Hauptverdiener und ich hatte kein Problem deswegen.«

»Ja, fragen Sie sich denn gar nicht, woher das Geld kommt? Von Ihrer Frau kann es nicht sein, die ist nach unseren Erkenntnissen bereits fast zwei Jahre tot. Und Sie bekommen immer noch regelmäßig Zuwendungen. Woher und von wem?«

»Jetzt wo Sie das sagen. Ja, das ist schon seltsam. Aber

wenn sie ermordet worden ist, wie es heißt, dann ist es nur logisch, dass der Täter das Geld überweist, oder? Damit nicht herauskommt, dass es die Yvonne nicht mehr gibt«, sinnierte der frischgebackene Witwer vor sich hin.

»So sieht's aus«, bestätigte Aichele. »Deshalb möchten wir Sie doch sehr bitten, gut nachzudenken, wer Ihre Frau so gehasst haben könnte.«

Nachdem er sein Bierglas vollends geleert hatte, fuhr Herr Schaich zurück nach Kreenheinstetten und Aichele fuhr hinterher. Er wollte noch die Kontoauszüge einsehen. Leider ließ sich daraus nicht viel entnehmen. Die Beträge waren immer pünktlich überwiesen worden, aber nicht per Dauerauftrag, sondern jedes Mal als Bareinzahlung. Noch dazu offensichtlich von wechselnden Geldinstituten. Aichele wunderte sich, dass Schaich das nicht aufgefallen war. Der aber sagte, mit Zahlen hätte er es nicht so, Hauptsache der Betrag habe gestimmt.

Aichele nahm die Belege mit und versprach, sie ordnungsgemäß wieder zurückzugeben. Daraufhin verabschiedete er sich. Die Kontoauszüge würde er nachher Frau Wiesner auf den Schreibtisch legen, damit sie bei den Geldinstituten nachfragen konnte, ob sich jemand an diese Bareinzahlungen erinnerte. Wahrscheinlich würde nichts dabei herauskommen, denn heutzutage muss man jeden Handgriff bei einer Bank selber erledigen. Überall stehen Automaten statt freundlicher Bankangestellter.

Am Nachmittag traf er wieder in Stuttgart ein. Zondler war auch schon da. Der Hauptkommissar saß konzentriert über einem Leitzordner.

»Da hab ich heut was Schönes ergattert, Aichele. Vielleicht ist das unser Tatmotiv. Sehr interessant, sag ich dir!«

»Ach! Das hört sich gut an, erzähl!«

»Die Schaich war im Nebenjob wohl eine Immobilienmaklerin, die gute Geschäfte machte: hauptsächlich in die eigene Tasche. Die hatte richtig gute Verbindungen und ein ausgeprägtes Netzwerk. Hier geht es beispielsweise um eine große Recyclinganlage, die im ganzen Ländle keiner haben will. Und weil Glückhausen so ein wenig abseits an der Kreisgrenze liegt, hatten die Herren von oben die Idee, dass dort der geeignetste Standort sei. Da musste man natürlich auch ein bisschen nachhelfen und das geht am besten mit Geld. Die Schaich war ganz heimlich am Planen und Strippen ziehen. Immer schön am Gemeinderat vorbei, dort wusste offensichtlich noch keiner etwas. Tja, und dann ist sie plötzlich zurückgetreten, ist verschwunden und mit ihr der ganze schöne Plan. Niemand hat seither wieder etwas von diesem Vorgang gehört. Seltsam, oder? Wenn das Ding richtig am Laufen war, hätte sie doch keinen Grund zum Rücktritt gehabt. Irgendetwas muss in der Zeit passiert sein, von dem wir noch nichts wissen! Ich hab mit dem neuen Schultes telefoniert, der wusste gar nicht, wovon ich rede und ich glaub ihm das auch. Ich denke, da werden wir mal ein paar Etagen höher anklopfen und auch bei dem privaten Betreiber, der damals mit Schaich verhandelt hat.«

»Sauber! Oder vielmehr nicht. Du hast recht, das stinkt ziemlich.«

Zondler schob ihm den Ordner zu.

»Den kannst du heut noch durchschauen, damit du weißt, wer da alles drinhängt. Und wie war's bei dir? War's nett mit dem Schaich?«

»Nein, er war sauer und eigentlich hat er recht. Wir hätten ihn besser informieren müssen, was mit seiner Ex passiert ist. So hat er's jetzt erst aus Glückhausen erfahren und war natürlich wütend. Von Trauer hab ich allerdings nichts bemerkt.«

»Das kommt schon noch, wenn die monatlichen Zahlungen ausbleiben. Aber das passiert wohl erst, wenn wir den Täter schnappen.«

Nach zwei Stunden Büroarbeit verließen die beiden Beamten das Polizeipräsidium. Zondler mochte nicht schon wieder bei Jette anrufen, er wollte nicht zu aufdringlich sein. Außerdem musste er seinem Körper auch mal Ruhe gönnen, zu viel Training ist schließlich auch nicht gesund.

»Und, was machst du heut noch? Lust auf ein Bier?«, fragte er daher Aichele.

»Warum nicht? Bin dabei. Komm, wir setzen uns am Schillerplatz irgendwohin. Falls du überhaupt so lang still sitzen kannst.«

Aichele grinste in sich hinein.

»Wie moinscht du des jetzt?«

»Naja, ich hab dich am Fernsehturm oben mit den Stöcken fuchteln sehen. Das muss ja mordsmäßig anstrengend sein dieses Nordic Walking. Du hast eine richtige Dampfwolke hinter dir hergezogen und dein Kopf sah aus wie kurz vorm Platzen«, spöttelte Aichele.

Zondler erinnerte sich gut an seine erste Trainingsstunde mit dem hochroten Kopf. Es war ihm etwas peinlich, dass der sehr dynamisch wirkende junge Aichele ihn so abgekämpft gesehen hatte.

»So, und das sagst du mir erst jetzt? Ich hab's halt mal ausprobiert. Es ist wirklich viel schwieriger, als man denkt. Ganz andere Bewegungsabläufe und Muskelgruppen, das glaubt man nicht, wenn man's nicht selber versucht hat. Wo warst denn du?«

»Ich saß mit meinen Kumpels nach dem Volleyballtraining im Waldheim auf der Terrasse. Wir haben es uns gut gehen lassen und uns an eurem Anblick erfreut.«

Sie redeten noch eine Weile über Sport und Training. Sie genossen dabei die Spätnachmittagssonne auf dem Schillerplatz.

Etwas später an diesem Montag saß Jette mit bangen Gefühlen als letzte Patientin im Wartezimmer. Doktor Fischer war ein netter jüngerer Arzt, der die Praxis erst kürzlich von seinem in Rente gehenden Vorgänger übernommen hatte. Jette hatte ihn bisher nur einmal mit einer leichten Grippe konsultiert. Das heutige Anliegen lag ihr ungleich schwerer auf der Zunge. Ihr Herz klopfte, die Hände und die Stimme zitterten, als sie anfing zu erzählen. Es war doch schwerer, als sie gedacht hatte.

Sie schilderte ihm ihre seit Jahren immer wiederkehrenden Schübe von Traurigkeit, die anscheinend aus heiterem Himmel kamen. Sie sagte auch, dass ihr bewusst sei, dass sie wohl eine ernstliche Depression hätte, sich aber die letzten Jahre irgendwie damit arrangiert hätte. Es ginge ja jedes Mal wieder vorbei und zwischen den einzelnen Phasen wäre alles gut und sie genieße ihr Leben. Endlich war es raus. Jette fühlte sich wie ein Teilnehmer der Anonymen Alkoholiker, der vor der Gruppe laut sagen muss: Ich heiße Jette und ich bin Alkoholikerin. Doktor Fischer hatte aufmerksam zugehört und sie nicht unterbrochen.

»Natürlich könnte ich Ihnen einfach Tabletten gegen depressive Verstimmungen aufschreiben oder das altbekannte Johanniskraut. Aber ich glaube, Letzteres hilft hier nicht mehr und einfach nur Pillen, das ist auch nicht die Lösung. Frau Köhler, Sie sollten an das Problem herangehen. Das Beste ist sicher, sich psychologische Hilfe zu holen. Ich muss Ihnen nicht sagen, dass die größte Schwierigkeit ist, den richtigen Therapeuten zu finden und dann natürlich die Wartezeiten. Aber vielleicht haben wir Glück. Ich kenne da einen, der hat erst kürzlich seine Praxis eröffnet. Wenn Sie nichts dagegen haben, rufe ich ihn morgen an, dann klappt es vielleicht eher. Ich meine, Sie sollten schnellstens Hilfe bekommen, ist das okay für Sie?«

Jette stimmte zu und bedankte sich. Das ging doch auch

einfacher als gedacht. Erleichtert und auch ein wenig stolz auf sich, verließ sie die Praxis. Draußen atmete sie tief durch und schaute zum Abendhimmel hinauf. Der erste Schritt war getan. Jetzt kam der nächste, Peter.

Zu Hause angekommen, griff sie zum Telefon und tippte die Kurzwahl von Peter. Sie fragte, ob er kurzfristig Zeit hätte, sie müsse etwas mit ihm besprechen. Ihre Stimme hatte leicht gezittert und war sehr leise gewesen. Peter war hellhörig geworden, irgendwas stimmte nicht, so hatte sie sich noch nie angehört. Natürlich sagte er zu. Sie verabredeten sich an der Grabkapelle auf dem Rotenberg. Von dort konnte man durch die Weinberge laufen und hatte einen schönen Blick ins Neckartal. Peter war zuerst da und wartete bereits zehn Minuten, als er endlich Jette auf sich zukommen sah.

Sie sah nicht gut aus an diesem Abend. Sie war blass und hatte dunkle Augenringe, wirkte auch irgendwie verängstigt. Peter Zondler beschlich ein ungutes Gefühl.

Nach dem Arztbesuch hatte Jette sich besser und voller Tatkraft gefühlt und gerade deshalb sofort bei Peter angerufen. Auf der Fahrt zur Grabkapelle waren ihr dann Zweifel gekommen, ob sie wirklich das Richtige tat. Die alten Ängste vorm Verlassen werden bekamen wieder die Oberhand. Aber kneifen ging nun nicht mehr. So schritt sie mit klopfendem Herzen und zittrigen Knien auf Peter zu.

»Was ist los mit dir, irgendwas bedrückt dich. Ist was passiert?«

Peter fasste mit beiden Händen ihre Arme, so dass sie sich zu ihm drehen musste. Jette hob vorsichtig den Blick zu ihm hoch.

»Mir geht's nicht so gut. Ich kann dir nicht mal sagen weshalb, Peter. Wir kennen uns jetzt schon eine ganze Weile und es ist sehr schön mit dir. Aber du, du kennst mich nicht. Vielleicht spiel ich dir nur die toughe Jette vor. Es ist so: Ich habe immer wieder Depressionen, die lassen mich für Tage in ein tiefes schwarzes Loch fallen. So lange, bis ich wieder den Kopf über den Rand strecke und dann geht's weiter. Ich habe keine Ahnung, woher das kommt und wie ich damit fertig werden kann. Seither habe ich das immer irgendwie verdrängt und ausgehalten. Aber jetzt will ich das nicht mehr. Ich möchte keine so schwarzen leeren Tage mehr haben. Dafür ist mir das Leben zu kostbar geworden, weil ich die Zeit mit dir genießen möchte und nichts dazwischenstehen soll.«

Zondler hatte zugehört und unmerklich den Atem dabei angehalten. Es traf ihn völlig unerwartet. Jette und krank? Und dazu noch so etwas Ungreifbares. Ihm wurde bewusst, dass es schon eine Weile still war, Jette wartete wohl auf Antwort.

»Das ist übel«, sagte er. »Aber wenn du glaubst, dass ich dich deshalb im Stich lasse, dann irrst du dich. Wir packen das irgendwie, ich bin kein so Angsthase, der bei der kleinsten Schwierigkeit gleich wegrennt. Wirst schon sehen, du wirst mich nicht los!«

Er umschloss die um einen Kopf kleinere Jette fest mit seinen Armen, sodass man nur noch einen roten Haarschopf von ihr sehen konnte.

»Ich habe jetzt endlich den Mut gefasst, zum Arzt zu gehen«, murmelte sie in seine Jacke hinein. »Und einen Psychologentermin habe ich demnächst auch. Ich werde es also anpacken. Kann sein, dass es schwierig wird in nächster Zeit mit mir. Wer weiß, was bei der Therapie alles ans Licht kommt. Ich überlasse dir die Entscheidung, ob du dir das wirklich aufhalsen willst. Ich kann nicht von dir verlangen, dass du bei mir bleibst. Aber es wäre wunderschön!«

»Du wirst sehen, alles wird gut. Ich bin für dich da und du für mich. Es ist ja nicht so, dass du die Einzige mit Problemen bist. Warte mal ab, bis du meine Macken alle kennenlernst.«

Er beugte sich hinunter und gab ihr einen langen, zärtlichen Kuss. Jette seufzte und atmete sehr lange aus, wobei sich ihre Anspannung endlich löste. Sie wurde ganz ruhig und ihr war wunderbar warm. Sie fühlte sich sicher und geborgen und das erste Mal seit langer Zeit nicht mehr alleine. Peter ging es ähnlich, er nahm sich vor, wirklich alles zu tun, um Jette zu helfen, ihr beizustehen. So eine Situation war auch für ihn gänzlich neu. Er hoffte, keine allzu großen Fehler zu machen, damit er Jette wirklich helfen konnte. Eine ungewohnte zärtliche Behutsamkeit machte sich in ihm bereit, so als wolle er ein Vogeljunges beschützen. Er legte den Arm um Jette. Sie spazierten noch eine Weile durch die Weinberge ohne viel zu reden. Das Schweigen war angenehm. Vorläufig war alles gesagt.

Auch bei den Kühns war heute noch Beziehungsarbeit angesagt. Frau Doktor Kühn blieb extra lange in der Praxis. Der letzte Patient war schon vor über einer Stunde gegangen. Die Helferinnen hatten anschließend die Praxisräume geputzt und die Bestecke und Sonstiges gereinigt und sterilisiert, wie an jedem Abend. Sie selber hätte längst gehen können, aber sie brauchte noch Zeit. Zeit zum Nachdenken, wie es nun weitergehen sollte. Es war klar, dass sie sich der Verantwortung würde stellen müssen. Zondler würde sie anzeigen, wenn er ihr die Quecksilbervergiftung nachweisen könnte. Das war bestimmt nicht mehr lange hin. Die

Staatsanwaltschaft würde eingeschaltet. Es würde zu einem peinlichen Prozess kommen. Aber nicht wegen Mordes. Diesen Schuh würde sie sich nicht anziehen. Ich muss mich dringend um einen Anwalt kümmern, dachte sie.

Und dann war da noch Tobias. Der Streit am gestrigen Abend machte ihr schwer zu schaffen. Ihr Mann war zwar ein ziemlicher Narziss, der sich für den absolut Tollsten hielt, aber trotzdem liebte sie ihn. Hätte sie sonst den ganzen Zauber mit Yvonne veranstaltet? Irgendwie musste es ihr gelingen, dass sie sich wieder versöhnten. Mit der Zeit würde sich sicher alles wieder normalisieren.

Bettina Kühn seufzte und stand auf. Es war wohl wirklich Zeit, nach Hause zu gehen. Sie schloss die Praxistür ab, setzte sich in ihren Wagen und beschloss noch beim Supermarkt vorbeizufahren, um eine Kleinigkeit für ein leckeres Abendessen einzukaufen. Wenn sie Glück hatte, gab's auch noch ein paar Blumen. Ihr Mann liebte Blumen, daher wusste er so ein Mitbringsel zu schätzen. Eine knappe halbe Stunde später betrat sie das Haus. Es war still, zu still. Tobias wird doch wohl nicht…

Sie ging in die Küche, stellte die Einkäufe ab und versorgte die Blumen in einer Vase. Sie horchte nach oben und meinte, von dort leise Geräusche zu hören. Zögernd stieg sie die Treppe hinauf und rief nach ihrem Mann.

»Hier«, kam die Antwort aus dem Badezimmer. Tobias stand vor dem Spiegel und rieb sich Gel in die frisch gewaschenen Haare. Er sah umwerfend aus. Im ganzen Bad roch es besonders gut nach dem teuren Eau de Toilette, das sie ihm kürzlich geschenkt hatte. Er hatte sich richtig Mühe gegeben. Sogar eine Platte mit leckeren Häppchen hatte er vorbereitet, die im Kühlschrank auf den richtigen Moment zum Servieren wartete. Tobias Kühn hatte lange nachgedacht und beschlossen, alles zu tun, um seine Frau zu beruhigen. Sie waren nun schon so lange zusammen. Eine Trennung brachte nur Schmerz, ganz abgesehen von den finanziellen Einbußen. Er mochte sie eigentlich doch ganz gern, seine Zahnärztin. Auch wenn es mit den Jahren etwas langweilig geworden war in ihrer Ehe. Es wird schon werden, sprach er sich selber Mut zu, als er hörte, dass Bettina unten zur Tür hereinkam. Ein wenig Geraschel in der Küche, dann kam sie die Treppe hoch und rief nach ihm.

»Es tut mir leid«, sagten beide gleichzeitig. Lächelten sich dann halb verlegen, halb belustigt an. Tobias Kühn ging zu seiner Frau und nahm sie in den Arm.

Na also, dachte er. Geht doch, dachte Bettina.

Eine Woche ist das jetzt her und noch immer nichts Brauchbares! Meine Herren, was tun Sie eigentlich die ganze Zeit? Immer nur durch die Landschaft kutschieren, glaube ich langsam. Im Büro ist auch fast nie jemand von Ihnen, da kann man vorbeikommen, wann man will. Vorhin hat schon wieder dieser lästige Reporter von den Stuttgarter Nachrichten angerufen. Der geht mir auf den Zeiger und ich weiß nicht, was ich dem noch erzählen soll. Also bitte: Tun Sie etwas!«

Mittlerweile hatte Zondler das Telefon auf dem Schreibtisch geparkt. Was kein Problem darstellte, denn sowohl er als auch Aichele konnten ihren obersten Chef immer noch bestens verstehen.

Mit vielerlei Beschwichtigungen und Versprechungen gelang es Zondler, ihren Vorgesetzten etwas zu beruhigen, nachdem der seinen Dampf abgelassen hatte. Mit einem Seufzer legte er den Hörer auf.

»Also dann, nach diesem äußerst motivierenden Gespräch

gehen wir mit frischem Mut an die Sache. Gell, Kollege Aichele?«, spöttelte Zondler.

»Klar Boss, nix anderes, wir geben immer nur unser Bestes«, konterte Aichele und nahm Haltung an.

»Also, ich kümmere mich mal um die Akten und ums Regierungspräsidium oder wer auch immer da für Recyclingsachen zuständig ist. Du kannst noch a bissle mehr im Dorftratsch rumwühlen, etwa ob der Zähringer, du weißt schon, dieser Grüne vom Gemeinderat, was gewusst hat von den Bürgermeisteraktivitäten. Ach ja und den jetzigen Schultes musst du auch noch mal befragen zu der geplanten Anlage. Ich hab ja nur kurz mit ihm telefoniert.«

Aichele setzte sich in Bewegung. Er war wie immer froh, aus der Stadt raus zu kommen und genoss die Fahrt, sobald er den dicksten Verkehr hinter sich hatte. Ach ja, so ein Häuschen auf dem Land wäre schön. Mit einer Holzscheune und einer Werkbank. Vielleicht auch einem Obstwiesle. Abends in die Dorfkneipe gehen. Vielleicht sogar ein Hund zum Spazierengehen… So träumte Aichele vor sich hin. Irgendwann vielleicht auch eine Frau und Kinder. Wenn man nur die Richtige finden könnte! Irgendwie wurden die Frauen immer komplizierter, fand er, zumindest in der Stadt. Vielleicht sollte er sich mal in Glückhausen unauffällig umsehen, wer weiß, vielleicht wartete dort das Glück auf ihn. Schönes Wortspiel, dachte Aichele vor sich hinlächelnd.

Sein Leben verlief in etwas zu ruhigen Bahnen. Nach der Ausbildung bei der Bereitschaftspolizei in Göppingen war er einige Jahre im normalen Polizeidienst gewesen. Bis sich ihm die Chance bot, doch noch in Villingen-Schwenningen zu studieren. Da er kein Abitur hatte, musste er sich vorher durch eine Aufnahmeprüfung quälen, was gar nicht so einfach war. Das anschließende Studium hatte ihm viel Spaß gemacht. Vor allem waren die Arbeitszeiten sehr angenehm, wie Schule eben. Kein Nachtdienst, freie Wochenenden, Ferien. Leider war es nicht endlos so weitergegangen. Aber das Leben war jetzt auch nicht schlecht. Mit Peter Zondler als Vorgesetzten hatte er wirklich Glück gehabt. Das Arbeitsgebiet war interessant und vielfältig. Nur die Frau fürs Leben fehlte ihm noch. Aber er war gerade mal etwas über dreißig. Sein Fall war also noch nicht hoffnungslos.

Schneller als gedacht kam er in Glückhausen an und fuhr auf den Parkplatz hinterm Rathaus. Als er ausstieg, sah er, dass sich hinter einem Fenster der Kopf vom Egelsberger schnell zurückzog. Der Hauptamtsleiter hatte nicht sehr erfreut ausgesehen. Für Aichele war das normal, er konnte sich kaum daran erinnern, dass auch nur irgendjemand das Erscheinen der Polizei bei ihren Ermittlungen mit Begeisterung aufnahm.

Er ging ins Rathaus hinein und meldete sich bei der Sekretärin Frau Unger an, die auch gleich beim Bürgermeister anklopfte. Herr Walter bat ihn in sein Büro. Frau Unger fragte, ob er gerne einen Kaffee möchte. Nach ein paar Minuten harmlosen Geplänkels kam Aichele dann zur Sache.

Bürgermeister Walter war inzwischen sowohl von seinen Angestellten als auch von seinem Stellvertreter Wolf über den brisanten Aktenfund im Keller informiert worden. Es war ihnen nichts anderes übrig geblieben als die Flucht nach vorn.

»Also, ich hab von dem allem überhaupt nichts gewusst! Das müssen Sie mir glauben! Seit ich hier Bürgermeister bin – und das ist ja schon eine ganze Weile – ist dieses Thema nie zur Sprache gekommen!«

»Und es hat auch nie jemand Kontakt zu Ihnen aufgenommen? Beispielsweise jemand vom Regierungspräsidium? Oder irgendeiner aus der Branche?«

»Nein, nie. Das wüsste ich. Immobiliengeschäfte gibt's ja immer, aber die Gewerbeflächen sind bei uns ziemlich rar gesät und in Glückhausen war es wohl seit jeher so, dass man eher ein Dorf ohne große Gewerbeansiedlung sein wollte. Was nicht unbedingt besonders klug ist, denn irgendwoher muss die Gemeinde auch Einnahmen haben. Ich konnte die Akten noch nicht einsehen, weil Ihr Kollege alles mitgenommen hat. Aber wie der Herr Egelsberger und der Herr Wolf mir berichtet haben, ging es da um eine wirklich große Sache. Ich versichere Ihnen nochmals, dass ich bis zum gestrigen Tage noch nie ein Wort davon gehört habe!«

Aichele nickte nachdenklich und fragte abschließend:

»Was meinen Sie, Herr Walter, könnte der Grund sein, dass die Sache stillschweigend ad acta gelegt wurde?«

»Ich weiß es nicht. Vielleicht hat es mit dem Rücktritt von Frau Schaich zu tun. Und jetzt, nach den neusten Ereignissen, ich meine das mysteriöse Ableben von ihr, da stellen sich einem doch viele Fragen.«

»Ja, in der Tat.«

Aichele erhob sich, bedankte sich für das Gespräch und den Kaffee und meinte, er komme wieder, sobald er neue Erkenntnisse habe.

Als er in sein Auto stieg, sah er wieder den Kopf vom Egelsberger, der ihm diesmal eindeutig erleichtert nachschaute. Aichele fuhr anschließend gleich in die Werkstatt vom Gemeinderat Zähringer, aber er hatte Pech. Es war alles dicht und abgeschlossen. Am Wohnhaus klingelte er bewusst an der oberen Klingel, um den Kettenhund in Form von Zähringers energischer Mutter nicht von der Leine zu lassen.

Die Vorsicht hätte er sich allerdings sparen können. Als

der Türsummer ging und er in den Hausflur trat, kam die alte Dame soeben mit ihrem Rollator aus ihrer Wohnung.

»Sie scho wieder! Mei Schwiegertochter isch oba, ganget Se halt nauf. Aber vorher machet sie mir bitte die Haustür auf, damit i besser naus ka mit meim Porsche.«

»Aber gerne, selbstverständlich!«

Aichele bemühte sich eifrig, die alte Frau Zähringer gut aus dem Haus zu bekommen. Er schloss dann die Haustüre hinter der alten Dame.

Am oberen Ende der Treppe, die ins Obergeschoss führte, stand leicht grinsend die junge Frau Zähringer. Sie hatte die Szene amüsiert beobachtet.

»Kommen Sie rauf. Ich weiß schon, wer Sie sind. Meine Schwiegermutter hat Sie bereits vom Küchenfenster aus gesehen, als Sie ausgestiegen sind und mich vorgewarnt. Hier kommt keiner unbeobachtet rein.«

»Das hat sicher Vor- und Nachteile. Guten Tag, Frau Zähringer. Mein Name ist Aichele von der Kripo Stuttgart. Ich hab vor ein paar Tagen mit Ihrem Mann gesprochen. Zu ihm wollte ich eigentlich auch, aber die Werkstatt war zu. Da dachte ich, ich komm hier mal vorbei.«

»Tut mir leid, hier ist er auch nicht. Er ist grade irgendwo unterwegs bei einem Geschäftstermin. Kann ich Ihnen denn helfen?«

»Nur, wenn Sie über die Vorgänge im Gemeinderat vor zwei Jahren informiert sind. Hat Ihr Mann mal irgendwas von einer Ansiedlung eines großen Recyclingunternehmens in Glückhausen erwähnt?«

»Ich glaube nicht. Aber wenn da was geplant war, dann wäre er sicher der Letzte gewesen, der es erfahren hätte. Sie wissen vielleicht bereits, dass das Verhältnis zwischen meinem Mann und der Exbürgermeisterin nicht besonders gut war. Bei so einem Thema wäre es sicher eskaliert. Die Schaich ist, Verzeihung war, ziemlich ausgekocht. Die hätte sicher ihre eigene Großmutter verkauft, wenn was für sie dabei rausgesprungen wäre. Und mein Mann ist halt einer, der ihr da auf die Finger geschaut hat.«

»Das hat der Frau Schaich gewiss nicht gefallen. Hatte das irgendwelche Konsequenzen für Sie, ich meine, gab es Repressalien von Frau Schaichs Seite?«

»Ja sicher. Sie hat uns Prügel in den Weg geschmissen, wo's nur ging. Entweder bei Bausachen oder bei Aufträgen. Persönlich angegriffen und schlecht gemacht hat sie uns auch. Natürlich immer so, dass sie nicht direkt angreifbar war.«

»Tja, da hatten Sie allen Grund, richtig wütend auf sie zu sein. Man könnte sagen, Sie waren froh, als sie ihren Rücktritt einreichte.«

»Ja, das schon, aber ehrlich gesagt haben wir uns auch gefragt, warum sie das getan hat. Für meinen Mann und mich gab es nur die eine Erklärung, dass sie Dreck am Stecken hatte und sozusagen die Flucht ergriff. Letztendlich waren wir einfach froh, dass sie ging, und wollten nicht weiter nachbohren.«

»Frau Zähringer, noch eine etwas delikate Frage. Die Frau Schaich war anscheinend überall dafür bekannt, gerne mal eine Liebelei zu haben. Wir haben hier im Dorf schon einiges über ihre, sagen wir mal Aktivitäten, gehört. Hat sie es bei Ihrem Mann auch versucht?«

»Nur ein einziges Mal, beim Dorffest, aber er hat sie total abblitzen lassen. Er konnte sie von Anfang an nicht leiden und ich auch nicht. Wissen Sie, sie konnte ungeheuer charmant sein, aber nur zu Männern. Die dazugehörigen Frauen hat sie meistens gar nicht wahrgenommen und auch nicht begrüßt. Das kann einen schon ärgern, wenn man quasi wie Luft behandelt wird. Ihren Mann fand ich immer recht sympathisch. Obwohl ich mich immer fragte, was er an ihr findet. Der hat sicher viel zu leiden gehabt. Wer will schon als betrogener Ehemann dastehen.«

»Ihr Mann hatte also nie was mit ihr?«

»Nein, ganz bestimmt nicht. Die hätten Sie ihm auf den Bauch binden können!«

»Gut, Frau Zähringer, dann geh ich mal wieder. Würden Sie Ihrem Mann ausrichten, dass er mich bitte anrufen soll? Hier meine Karte.«

Aichele ließ sich von Frau Zähringer zur Haustür begleiten und verabschiedete sich. Er fand sie sympathisch und ehrlich.

Ricarda Zähringer blieb noch eine Weile nachdenklich in der Tür stehen. Ganz so sicher war sie ihrer Sache nicht. Auch wenn sie gegenüber dem Kommissar so getan hatte, als sei sie von der Treue ihres Mannes absolut überzeugt. Schließlich war Johann auch nur ein Mann und kein Übermensch. Ab und zu hatte sie schon den Eindruck gehabt, dass ihm die Schmeicheleien der Schaich gut gefallen hatten. Ob er doch darauf eingegangen war? Sie beschloss, die Augen offenzuhalten. In den letzten Tagen war er ihr auch irgendwie nervös vorgekommen. Am Geschäft konnte es nicht liegen, da war alles wie gewohnt. Aber seit dem mysteriösen Leichenfund bekam sie ihn erstens sehr wenig zu Gesicht und wenn, dann war er schweigsam und in Gedanken. Mit einem Seufzer schloss sie die Tür. Die Kinder würden bald von der Schule heimkommen, sie musste sich ums Mittagessen kümmern.

Es war kurz vor Mittag und Aichele beschloss, dem Dorfwirtshaus einen Besuch abzustatten. Fast alle Tische waren um diese Zeit noch frei. Er setzte sich mutig an den Stammtisch. Die Wirtin brachte die Speisekarte.

»Heit hemmer Flädlesuppe, Brotwürscht ond Salat«, teilte sie ihm mit.

Aichele schaute gar nicht mehr in die Karte rein.

»Isch au en Kartoffelsalat drbei?«

Die Wirtin nickte.

»Also, dann nemme des. Ond a großes Radler bitte.«

Als die Wirtin das Getränk brachte, schaute sie doch recht neugierig drein und fragte:

»Sie sind doch der Herr von der Kriminalpolizei. Gibt's denn was Neus von unserer alten Bürgermeisterin?«

»Wir fragen halt mal hier und mal dort. Was redet man denn so bei Ihnen hier? Am Stammtisch wird das Ereignis doch bestimmt ausführlich diskutiert?«

»Ja klar. Aber keiner kann sich einen Reim darauf machen. Dass die Schaich ein wenig durchtrieben und sehr geschäftstüchtig war, do send sich alle einig. Viele denken, dass sie irgendeine Sauerei am Laufen hatte. Deshalb isch se umbracht worda.«

»Was könnte das denn gewesen sein? Gibt's da eine Vermutung?«

»Die einen sagen, das hat was mit ihren Immobiliengeschäften zu tun. Die andern meinen, dass ihr die Fremdgeherei das Kreuz gebrochen hat. Gewusst hat es jeder, dass sie ihren Mann seit Jahren immer wieder betrügt und die meisten haben auch gewusst mit wem. Aber irgendwie hatte die Frau Narrenfreiheit. Vielleicht haben sie die ehrbaren Ehefrauen sogar etwas bewundert.«

»Naja, außer die Betroffenen vermutlich«, stellte Aichele in den Raum.

An der Theke klingelte es zum Zeichen, dass sein Essen abholbereit da stand. Die Wirtin brachte ihm den Teller und Aichele machte sich mit großem Appetit darüber her. Nach und nach füllte sich das Lokal mit den üblichen Stammgästen. Aichele war der einzige Fremde hier und wurde etwas misstrauisch beäugt. Auch die Unterhaltung an den Tischen war etwas gedämpfter als sonst. Während des Essens machte Aichele sich so seine Gedanken, was die Bürgermeisterin wohl zum Rücktritt bewogen hatte. Offiziell hieß es damals wegen ihrer angegriffenen Gesundheit. War das wirklich der Grund? Oder war irgendetwas schiefgelaufen mit dem großen Geschäft?

Zondler hatte unterdessen keinen so guten Vormittag. Er saß am Schreibtisch und versuchte, zuständige Leute vom Regierungspräsidium zu ermitteln, die etwas über die damalige Planung einer Großrecyclinganlage wussten. Absolute Fehlanzeige. Wo er auch anfragte, keiner wusste etwas oder wollte etwas wissen. Er hatte den Eindruck, dass da ordentlich gemauert wurde. Entweder gab es die damaligen Sachbearbeiter nicht mehr oder es existierten keine schriftlichen Vorgänge. Jedenfalls kam er auf diese Art keinen Schritt weiter. Offiziell hatte kein Mensch im Regierungspräsidium jemals etwas von einer geplanten Recyclingdeponie in Glückhausen gehört.

Voller Frust ging er zum Mittagessen in die Kantine. Seine guten Vorsätze, was seine Figur betraf, hielten immer noch an. Er hatte sogar schon das Gefühl, dass die Jeans nicht mehr ganz so zwickte. Er holte sich einen Teller Eintopf ohne Brötchen. Um sich noch etwas Gutes zu tun, telefonierte er mit Jette.

»Hallo, ich hab grad Pause. Wie geht's dir denn so?«

»Gut, danke. Du hast Glück, ich hab auch grade Mittag, sonst könnte ich gar nicht ans Telefon. Im Laden geht das schließlich nicht.«

»Stimmt, da hab ich nicht dran gedacht. Was meinst du, sollen wir mal wieder einen kleinen Ausflug auf die Alb machen? Das Wetter ist gerade so schön, da macht das Wandern wirklich Spaß.«

»Nix dagegen zu sagen. Am Donnerstag ist doch Feiertag, da hätt ich Zeit. Oder hast du Dienst?«

»Nein, der Donnerstag ist perfekt! Um neun Uhr bei dir vor der Haustür? Ich hol dich ab.«

»Okay. Ich freu mich. Und bestell schon mal Sonnenschein!«

»Werd mir Mühe geben. Bis dann, ich freu mich auch!«

Zondler legte mit einem Lächeln im Gesicht auf. Na, wenigstens das lief gut bisher, er wunderte sich selber, wie unkompliziert das Zusammensein mit Jette war. Auch ihr Geständnis vom Abend zuvor ließ ihn nicht an dieser Beziehung zweifeln. Sie würden das bestimmt packen. Der Nachmittag verlief ruhig und ereignislos, er arbeitete sich konzentriert durch die zahlreichen Schriftstücke auf seinem Schreibtisch, die irgendwie immer schneller nachwuchsen, als er sie bewältigen konnte.

Der Mittwoch war der Tag, an dem Magdalene Häberle nun den zweiten Anlauf nahm, um neben ihrem Mann beerdigt zu werden. Totengräber Ludwig hatte nicht viel Arbeit, um das Grab für die Trauerfeier herzurichten. Schließlich war er bereits vor einer guten Woche dort tätig gewesen. Diesmal gab es keine Hindernisse. So war um zwei Uhr mittags alles bereit. Die Verwandten der Familie Häberle waren erneut erschienen. Im Dorfgasthaus gab es frischen Hefezopf und Butterbrezeln für den anschließenden Leichentrunk.

Nur die Anzahl der Trauergäste auf dem Friedhof hatte sich mindestens verdreifacht. Die Menschen warteten auf irgendwelche Neuigkeiten und hier wurde vielleicht etwas geboten. Sogar die Presse hatte sich wieder eingefunden, aber es gab nichts Spektakuläres zu berichten. Es war eine ganz normale Beerdigung. Der Leichentrunk dauerte allerdings bei Weitem länger als sonst. Es wurde auch viel mehr konsumiert, nicht unbedingt zur Freude der Geschwister Häberle, die eine saftige Rechnung erhielten. Auch die Herren Wolf und Egelsberger saßen etwas extra an einem kleinen Tisch und unterhielten sich leise.

»Weißt du, was aus dem vermaledeiten Aktenordner geworden ist, Stefan?«, fragte Wolf.

»Der ist, glaub ich, noch bei der Kripo. Der eine, der Aichele war neulich beim Walter und hat ihn dazu befragt. Aber der wusste rein gar nichts. Wie auch, das wurde fein säuberlich unter Verschluss gehalten.«

»Tja, nur du und ich wissen da ein bisschen was, und ich für meinen Teil werd mich hüten …«

»Ich genauso. Eigentlich weiß ich ja wirklich nichts, ich wurde da nicht mit einbezogen. Nur, dass was im Gange war, das hab ich gewusst. Am besten wir schweigen zu dem gesamten Vorgang. Was das alles mit der Schaich ihrem Ableben zu tun hat, echt, ich kann es mir nicht vorstellen.«

Als sich andere Trauergäste ihrem Tisch näherten, wechselten die beiden schnell das Thema.

Zondler und Aichele waren ebenfalls bei der Beerdigung, hielten sich aber unauffällig im Hintergrund. Zum Leichentrunk gingen sie nicht, erstens waren sie nicht eingeladen, zweitens hätte das doch irgendwie seltsam ausgesehen. Sie blieben noch eine Weile auf dem Friedhof stehen und unterhielten sich. Nebenbei schauten sie interessiert zu, wie der Totengräber mit seinem Bagger das Grab verfüllte, alles drum herum ordentlich aufräumte und die Blumen schön auf dem Grabhügel anordnete. Das wunderbare Gesteck, welches vorher den Sarg verziert hatte, hatte Ludwig im Grab unten als Erstes abmontiert. Es lag nun in der Mitte der Grabstätte.

»Weißt du, was ich nicht verstehe«, sagte Aichele, »das muss doch irgendwer seinerzeit gesehen oder gehört haben. Ich mein jetzt den Grabaushub. Das ist doch eine Riesenarbeit, das macht keiner so mal in einer Stunde mit einer Schaufel. Hundertprozentig war da ein Bagger dabei und den muss doch einer gehört haben.«

»Stimmt«, pflichtete ihm Zondler bei, »aber das wird schwierig. Was glaubst du, wer sich an ein Motorengeräusch von vor zwei Jahren noch erinnern kann? Aber in der nächsten Nachbarschaft vom Friedhof hier müssen wir auf alle Fälle nachfragen.«

Beide dachten eine Weile über etwaige Zeugen nach.

»Das ist ein ganz schöner Aufwand so ein Grab. Da macht man sich normalerweise gar keine Gedanken, weil man nicht zuschaut. Als Fremden interessiert es einen wohl nicht. Als Angehöriger will man es nicht so genau wissen«, sinnierte Zondler vor sich hin.

Der Totengräber hatte die letzte Bemerkung gehört und nickte zustimmend.

»Ja, ja. So ganz nah will koiner ran. Was glaubet Sia, was i hier manchmal seh. Gschichta könnt i schreiba. Von de Tote und de Lebige. Ond goscha den se au dauernd, dia Lebendige natürlich. Der oine will da Grabstein so rum, der andere grad anders. Dann gohts wieder um Okraut und woiß der Fuchs was no alles. Von wega Friede und Ruhe auf em Gottesacker.«

»Können Sie sich noch an besondere Vorkommnisse erinnern zu der Zeit, als der Otto Häberle hier bestattet wurde?«

Ludwig rammte seine Schaufel in den seitlich gelagerten Dreckhaufen und stützte sich auf den Stiel.

»Ja, wie war des damals. I glaub, des war älles ganz normal. I hab da kurz vorher erst den Friedhof übernomma. Den Otto hab i au net nunterdo. I glaub, i hab's domols an de Bandscheiba g'habt. Mei Vorgänger hat's deshalb gmacht.«

Man sah ihm an, dass er intensiv nachdachte. Zondler und Aichele sahen sozusagen die Gedanken auf einer Umlaufbahn im Kopf von Ludwig kreisen… »Aber jetzt fallt mir was ei, des hab i total vergessa. War halt irgendwie komisch.«

Und dann erzählte ihnen der Totengräber, wie zwei, drei Tage nach der Beerdigung vom Otto Häberle eines Mittags das dumme Annele auf dem Friedhof erschien. Das dumme Annele sei eine geistig leicht behinderte Frau, die ihr ganzes Leben alleine in einem alten Häusle beim Friedhof verbrachte. Sie fragte ihn, wann denn die Feier für die Magdalene sei. Er habe ihr gesagt, dass sie da wohl was verwechsle. Der Otto sei doch gestorben und bereits beerdigt. Das Annele habe aber gesagt, nein, sie wisse ganz genau, dass die Magdalene auch gestorben sei. Sie habe doch gesehen, wie ihr Grab gemacht worden sei.

Er habe sie beschwichtigt und ihr gesagt, dass sie da wohl was verwechselt habe. Das Annele sei richtig sauer geworden, dann aber grummelnd davon gezogen. Er habe sich nichts weiter dabei gedacht, vom Annele sei man nichts Gescheites gewöhnt.

Zondler und Aichele fanden das sehr interessant! Da hatten sie wohl ihre Zeugin, die sie so lange gesucht hatten.

»Dieses Annele, Herr Ludwig, die brauchen wir dringend. Können Sie uns sagen, wo wir sie finden?«

»Kann i scho, des wird Ihne aber nix nütze. Dort hinten an der Mauer liegt se. Vor oim Jahr ogfähr isch se gstorba.«

Die Kommissare machten lange Gesichter, so ein Pech

aber auch. Sie verabschiedeten sich von Ludwig und gingen zum Friedhofsausgang. Da fiel Zondler noch was ein:

»Herr Ludwig, was meinen Sie, wer könnte denn hier auf dem Friedhof mit einem Bagger arbeiten, außer Ihnen?«

Ludwig kratzte sich am Kopf.

»Dürfen tut das niemand, aber wenn oiner so a Maschin hat, dann isch des sicher koi großes Problem, ma muss halt a bissle gschickt sei. A Bauunternehmer oder sowas.«

»Danke, Herr Ludwig, schaffen Sie's gut vollends«, verabschiedete sich Zondler endgültig. Aichele hatte am Friedhofstürle auf ihn gewartet.

»Die Schaich. Ist die eigentlich schon freigegeben, sie muss ja auch noch ordentlich bestattet werden?«, fragte Aichele seinen Kollegen.

»Stimmt, der Holzinger ist jedenfalls fertig mit ihr. Ich ruf heut Mittag mal den Ehemann an. Der ist da wohl immer noch zuständig. Verheiratet ist verheiratet. Begeistert wird er wohl nicht sein«, antwortete Zondler.

»Da kannst du recht haben! Ist ihm auch nicht zu verdenken, aber irgendwo muss sie ja hin. Der Holzinger wird sie nicht behalten wollen.«

So war es dann auch. Herr Schaich, der sich wie er sagte: emotional total von seiner Exfrau getrennt hatte, war alles andere als begeistert, jetzt eine Beerdigung für sie organisieren zu müssen. Von den Kosten ganz zu schweigen. Er schimpfte eine ganze Weile. Aber Zondler machte ihm letztendlich doch klar, dass es seine Aufgabe sei und nicht die des Staates. Er versprach, sich darum zu kümmern.

Zondler schlug die Augen auf und hatte sofort gute Laune. Es war Feiertag. Ein herrlicher Tag mit Jette auf der Alb stand ihm bevor. Wenn das kein Grund zur Freude war. Beschwingt stieg er aus dem Bett, begab sich unter die Dusche und pflegte seinen Körper wie schon lange nicht mehr. Achselhaare entfernen, Fußnägel schneiden, sorgfältig rasieren. Ein Betrachter hätte meinen können, er habe heute noch große Dinge vor.

Das Frühstück fiel relativ knapp aus. Er war schon spät dran und wollte auf jeden Fall superpünktlich sein. Das war er dann auch. Jette ließ nicht lange auf sich warten. Sie hatte einen Rucksack dabei, der prall gefüllt war.

»Was schleppst du denn da mit dir rum? Wird das heute eine Expedition oder so?«

»Nur das Nötigste. Ich hab gedacht, wir lassen das Wirtshausessen heute mal ausfallen und machen stattdessen ein Picknick.«

»Warum nicht, das ist eine gute Idee. Wir finden sicher ein schönes Plätzchen, die Alb ist ja groß genug.«

Zondler beschloss aus einer Laune heraus, nach Kreenheinstetten zu fahren. Die Landschaft dort auf der Albhochfläche hatte ihm gefallen, sie hatte so etwas Weites, Freies. Erst machten sie einen kleinen Abstecher zur Burg Wildenstein, von der sie einen wunderschönen Blick ins Donautal hatten. Ungefähr zwei Stunden wanderten sie durch die schöne Umgebung und ließen sich dann in der Nähe von Kreenheinstetten auf einem abgelegenen Wanderparkplatz nieder. Etwas verborgen lag eine kleine Lichtung, auf der Jette eine mitgebrachte Decke ausbreitete und dann ihren Rucksack auspackte. Es gab Apfelschnitze, belegte Brote, gekochte Eier, Apfelsaftschorle und zum Nachtisch Schokoladenkuchen.

Zondler war rundum zufrieden. Auch Jette lächelte ihn immer wieder glücklich an. Die Unterhaltung war anregend und heiter. Beide fühlten sich immer mehr zueinander hingezogen. Sie mochten die gleiche Art von Filmen, eher Komödien mit schwarzem Humor und auch der Musikgeschmack ähnelte sich. Beim Lesen war sie ihm allerdings weit überlegen, schon von Berufs wegen. Wohingegen er halt hauptsächlich in Akten las, was nicht besonders berauschend war.

Zondler wollte gerade etwas näher zu Jette rücken, als er durch die Büsche zwei Autos auf den Wanderparkplatz fahren sah.

»Blöd, immer wenn's grade gemütlich wird. Hoffentlich bleiben die nicht lange«, grummelte er still in sich hinein.

Türen schlugen, erst leises Gemurmel, dann lautere Stimmen. Zwei Männer unterhielten sich ziemlich erregt und schnell. Nach einem freundschaftlichen Treffen hörte sich das nicht an, eher nach Streit. Zondler arbeitete sich etwas näher an die Hecke heran, er reckte den Kopf, um die Leute besser sehen zu können. Die Stimmen kamen ihm irgendwie bekannt vor. Aber nein, das konnte doch nicht sein. Seine Augen wurden immer größer und sein Körper verriet eine gewisse Anspannung. So was gab es doch gar nicht, oder nur in Romanen, dachte er noch – aber es stimmte: Da stand doch tatsächlich Herr Schaich. Neben ihm der stellvertretende Bürgermeister Wolf. Die beiden schienen ziemlich aufgewühlt zu sein.

Jette hatte natürlich gemerkt, dass da etwas Besonderes vor sich ging, und verhielt sich still. Sie sah nur fragend und auch leicht angespannt zu Zondler hinüber. Er legte den Finger an die Lippen und bedeutete ihr, keinen Mucks von sich zu geben. Er wollte auf keinen Fall entdeckt werden, sondern dieses unerwartete Geschenk des Himmels voll auskosten.

Wolf hatte mittlerweile sein Handy aus der Hosentasche geholt und tippte eine Nummer ein. Leider konnte Zondler so gut wie nichts verstehen, nur ein: »Wo bleibst du denn, dich geht das auch was an. Beweg gefälligst deinen Arsch hierher!« Der Rest wurde leiser gesprochen. Das Gespräch wurde eindeutig wütend beendet. Nach einem kurzen Wortwechsel stiegen sowohl Schaich, als auch Wolf wieder in ihre Autos und verließen den Parkplatz.

Jette löste sich aus ihrer Erstarrung, dehnte sich und fragte:

»Was war denn das jetzt, kanntest du die?«

»Kann man wohl sagen. Das sind Beteiligte an dem Fall, den ich grad bearbeite. Die Kombination der beiden, und dass die sich auch noch gerade hier treffen, ist schon sehr merkwürdig. Da kommen mir ganz neue Gedanken.«

»Erzähl mir doch ein bisschen was von deinem Fall. Oder geht das nicht, wegen der Schweigepflicht und so?«

»Interessiert es dich denn? Ich mein, du kannst mir ja vielleicht sogar helfen. Außenstehende haben oft den klareren Blick und bringen neue Ansätze.«

Peter Zondler fing von ganz vorne an. Er erzählte von der toten Bürgermeisterin im falschen Grab, vom pathologischen Befund und von den ganzen Gesprächen in Glückhausen. Es kam ganz schön viel zusammen. Jette hörte aufmerksam zu, sie fand das überaus spannend. Und teilweise war es auch lustig, beispielsweise der Besuch beim Altennachmittag.

»Puh, ganz schön kompliziert dein Fall, es gibt so viele Beteiligte«, sagte sie, als Zondler nach einer guten halben Stunde mit seinem Bericht fertig war.

»Wenn das jetzt ein Roman wäre, dann wäre es sicher das Wichtigste, ein Motiv zu finden«, dachte sie laut vor sich hin.

»In den meisten Fällen ist das Motiv im persönlichen Umfeld zu finden, also Eifersucht, Neid, Hass, Geld. Aber das habt ihr sicher alles abgeklopft.«

»Genau, da sind wir dabei. Und es gibt einige Personen,

die deshalb verdächtig sind. Denk an die vielen Frauen im Dorf, die einen Grund hatten, eifersüchtig zu sein, weil die Schaich ihnen den Mann ausspannte. Die Zahnärztin zum Beispiel, die hat hundertprozentig die Quecksilbervergiftung eingefädelt. Ich bin dem noch nicht bis ins Detail nachgegangen, aber davonkommen lass ich die sicher nicht.«

»Aber eine Frau wär sicher nicht imstande, ein Grab aufzumachen und die Leiche reinzulegen. Das müssen entweder mehrere Leute gewesen sein oder ein sehr kräftiger Mann«, gab Jette zu bedenken.

»Ein gutes Argument«, lobte Zondler sie.

»Das mit dem Recyclingunternehmen stinkt auch gewaltig, oder?«

»Klar, da sind wir auch dran. Es gibt, wie du merkst, viele Wege, die wir verfolgen müssen und das dauert halt. Unser Oberster wird schon sehr ungeduldig, aber mehr als arbeiten können wir auch nicht. Das wird schon.

Dieses Gespräch vorhin auf dem Parkplatz. Ich sag dir, das ist eine neue, ganz wichtige Spur. Wenn der Mann der Exbürgermeisterin und der erste stellvertretende Bürgermeister sich hier heimlich treffen, also dann ist das mehr als geheim. Jetzt muss ich nur noch rauskriegen, mit wem der Wolf telefoniert hat. Dürfte aber kein Problem sein, eine unserer einfachsten Übungen.«

Zondler wirkte plötzlich etwas abwesend, aber Jette wusste ja warum und ließ sich davon nicht die Laune verderben. Nach einer Weile gelang es ihr, ihren neuen Freund wieder ganz im Hier und Jetzt sein zu lassen.

Am nächsten Morgen informierte Zondler im Büro den Kollegen Aichele über seine Begegnung auf dem Parkplatz vom Vortag.

Aichele war taktvoll genug, nicht zu fragen, mit wem sich sein Chef denn da auf der Lichtung rumgedrückt hatte, obwohl es ihn zugegebenermaßen sehr interessierte. Er wusste, dass Zondler schon ziemlich lange allein war und wünschte ihm wirklich von Herzen eine neue Freundin und persönliches Glück. Irgendwann würde er sicher damit herausrücken, was ihn so veränderte. Aichele war auch aufgefallen, dass Kollege Zondler seine Teller nicht mehr so vollhäufte und vor allem nicht zwischendurch ständig etwas naschte. Dazu noch diese auffällig gute Laune. Er war sich sicher, da war was im Busch. Er drängte diese Gedanken zurück und befasste sich wieder mit dem Fall.

Dass Schaich und Wolf sich an einem Feiertag auf einem Wanderparkplatz trafen, das war schon was! Die hatten auf jeden Fall interessante Gemeinsamkeiten. Jetzt mussten sie dran bleiben und rausfinden, was da vor sich ging. Ab und zu muss man auch Glück haben bei den Ermittlungen und dass Zondler ausgerechnet dort hinter den Hecken saß, so einen Dusel hat man nicht allzu oft, dachte Aichele.

Zusammen wollten sie zuerst dem Witwer Schaich auf den Zahn fühlen. Also schraubte sich der Dienstwagen kurze Zeit später schon wieder die Alb hoch. Diesmal fuhr Zondler selber, er wollte seinen Magen schonen und nicht wieder unter Übelkeit leiden. Es war ein herrlicher Tag, die Luft war frisch und klar. Am liebsten hätte er das Auto stehen lassen und wäre einfach drauf losgelaufen, quer über die Wiesen. Aber das war natürlich undenkbar, denn die Arbeit musste schließlich erledigt werden.

Bei Aichele klingelte das Handy. Es war Zähringer, der sich erkundigte, was die Polizei noch von ihm wissen wolle. Aichele befragte ihn zu dem Recyclingvorhaben. Zähringer sagte, er habe von all dem nichts gewusst, traue Frau Schaich aber eigentlich alles zu. Die habe während ihrer Amtszeit sicher genug krumme Dinger gedreht, ihn wundere da überhaupt nichts. Nein, beweisen könne er da nichts.

Nach dem Telefonat berichtete Zondler, dass er die Gespräche von Wolfs Handy am Donnerstag überprüfen lasse. Er wolle zu gern wissen, mit wem er da vom Parkplatz aus telefoniert habe. Das wäre sicher aufschlussreich.

Das Haus von Schaich in Kreenheinstetten sah abweisend aus. Alle Jalousien waren runtergelassen. Sie klingelten, und es dauerte ziemlich lange bis ein sehr unfreundlicher Werner Schaich in die Sprechanlage brummte: »Ja?«

»Wir sind's, Aichele und Zondler von der Kripo. Dürfen wir wohl kurz reinkommen?«, flötete Zondler fast.

»Was machen Sie, wenn ich Nein sage? In Gottes Namen, kommen Sie halt rein, wenn's nicht ewig dauert«, kam die unfreundliche Entgegnung.

Der Türöffner summte, und sie gingen ins Haus. Herr Schaich sah heute gar nicht gut aus. Er wirkte fahrig und nervös, war nachlässig angezogen. Rasiert hatte er sich auch noch nicht. Die Augen waren rot unterlaufen, als habe er gestern zu viel getrunken. So roch er auch. Insgesamt vermittelte er einen elenden Gesamtzustand.

»Wir wollten Sie fragen, ob wir Ihnen helfen können, was die Bestattung Ihrer Frau betrifft«, sagte Zondler so freundlich, dass nur Aichele die leichte Scheinheiligkeit im Verhalten seines Kollegen bemerkte.

»Nein, ist alles geregelt. Sie wird verbrannt und kommt dann in ein anonymes Gräberfeld hier im Dorf. Das war am billigsten und ich brauche keinen Ort um mich an sie zu erinnern. Wären eh nur schlechte Erinnerungen. Verwandte hat sie auch keine näheren mehr, also ist das meine Sache. So hab ich das entschieden«, schloss er verbittert.

»Gut, Sie wissen das am besten. Jetzt etwas anderes. Herr

Schaich, Sie wurden gestern gesehen, als Sie sich mit Herrn Wolf auf einem Parkplatz hier in der Nähe getroffen haben. Dürfte ich erfahren, um was es bei diesem Treffen ging? Ich wusste gar nicht, dass sie noch so enge Verbindungen nach Glückhausen haben, oder besser gesagt zu Herrn Wolf.«

Herr Schaich wurde noch eine Spur blasser und sagte eine Weile gar nichts. Man sah ihm an, wie es in ihm arbeitete. Dann meinte er patzig:

»Ich bin Ihnen keine Rechenschaft schuldig, wie ich meine Tage verbringe. Das Ganze ist schon schwer genug. Hier muss ich mich verstecken, weil entweder die Nachbarn oder die Presse vorm Haus lauern. Ich hab den Herrn Wolf nur getroffen, weil ich mal mit jemandem über die Bestattung reden musste. Sonst wegen nichts. Ich kenn ihn schließlich schon lange aus dem Gemeinderat und dachte, er kann mir vielleicht helfen, wie ich das am unauffälligsten hinter mich bringe. Freunde sind in meiner momentanen Situation eher selten. Aber ich brauchte eben auch mal jemanden zum Reden.«

»Und, hat er Ihnen geholfen?«, hakte Aichele nach.

»Ja durchaus, ich war mir meiner Entscheidung dann sicher.«

»Also dann bedanken wir uns für die geopferte Zeit, Herr Schaich. Wenn Sie noch Unterstützung brauchen, dann melden Sie sich bei uns, gell?«, sagte Zondler und erhob sich.

»Danke, aber ich schaff das auch ohne Sie, hoffe ich. Hauptsache, es kehrt bald wieder Ruhe ein. Sie finden alleine raus, denke ich, guten Tag.«

Die beiden Kriminalbeamten verließen das ungastliche Haus und atmeten erst einmal tief durch.

»Puh, ein Eiszapfen ist nichts dagegen, oder?«, sagte Aichele.

»Da hast du recht, der ist ganz schön grantig heut. Aber wer weiß, was die Schaich ihm alles angetan hat. Er hat wahrscheinlich allen Grund, so verbittert zu sein. Über Jahre so gedemütigt zu werden, das kratzt schwer an der Ehre eines Mannes. Auf jeden Fall haben wir ihn ziemlich aufgescheucht, ich bin mir sicher, dass er als Nächstes den Wolf anrufen wird. Gut, dass wir da schon dran sind.«

Und so war es auch. Die Nummernortung ergab ein Gespräch mit Wolfs Handy, kurz nachdem die Beamten das Haus verlassen hatten. Noch besser und interessanter war die Recherche zum Parkplatzgespräch: Wolf hatte Bauunternehmer Zähringer angerufen. Sehr seltsam, nie hätten sie vermutet, dass es zwischen denen eine enge Verbindung gab. Jetzt bewegte sich immer mehr und sie konnten kaum erwarten, die beiden zu vernehmen.

Zuerst fuhren sie zu Zähringer. Aichele freute sich schon fast, seinem Kollegen die alte Frau Zähringer zu präsentieren. Er ließ ihn absichtlich unten klingeln. Mit dem gewünschten Erfolg.

»Wer isch dussa?«, schallte es ihnen mit enormer Lautstärke entgegen. Auch Zondler machte einen Satz nach hinten wie Aichele beim ersten Mal.

»Die tut nichts, die will nur spielen«, spöttelte Aichele.

Frau Zähringer hatte indessen auf den Türöffner gedrückt und kam in den Flur.

»Ha no, Sie scho wieder. Und desmol doppelt. Außer mir isch koiner dahoim. Sie könntets langsam wissa. Mei Sohn isch draußa auf em Lagerplatz.«

»Nix für ungut, Frau Zähringer, entschuldigen Sie die Störung, wir probieren's dann wirklich mal im Gewerbegebiet«, machte Aichele wieder gut Wetter.

»Das wollte ich dir mal zeigen, war doch beeindruckend, oder nicht?«, sagte er dann im Auto zu Zondler.

»Und ob. Das hat schon was. Der Zähringer spart sich auf jeden Fall die Alarmanlage«, meinte dieser daraufhin trocken.

Im Gewerbegebiet fanden sie Johann Zähringer dann tatsächlich bei der Arbeit. Er war dabei, Kies zu verladen. Als er die Polizeibeamten sah, stellte er den Radlader ab und stieg aus.

»Herr Zähringer, wir müssen Sie fragen, was Sie gestern Nachmittag gemacht haben. Und in welcher Verbindung Sie zu Herrn Schaich stehen«, eröffnete Aichele das Gespräch.

»Weshalb? Ich war im Büro und hab meinen Schreibtisch abgearbeitet. Das mach ich meistens sonntags oder wenn ein Feiertag ist. Komm ja sonst nicht dazu. Und mit dem Schaich hab ich nichts zu schaffen, wieso auch?«

»Und mit dem Herrn Wolf? Haben sie mit dem mehr zu schaffen? Wir wissen zufällig genau, dass er gestern mit Ihnen telefoniert hat.«

»So, und woher wissen Sie das angeblich? Werde ich jetzt überwacht oder was? Ist das überhaupt zulässig?«

Zornesröte überzog Zähringers Gesicht. Man sah, dass er sich mühsam beherrschte.

»Wenn es den Ermittlungen dient. Auf jeden Fall wissen wir, dass Herr Wolf Sie gestern Nachmittag angerufen hat, während er mit Schaich ein wohl etwas geheimes Treffen hatte. Kann ja sein, dass Sie da Näheres drüber wissen?«

»Nichts weiß ich. Lassen Sie mich in Ruhe. Ich sag überhaupt nichts mehr.«

»Warum regen Sie sich denn gleich so auf? Falls Ihnen noch was dazu einfällt, dann benachrichtigen Sie uns. Aber ich bin mir sowieso sicher, dass wir uns bald wiedersehen«, sagte Zondler bedeutungsschwer. Die beiden Beamten wandten sich zum Gehen.

Zähringer startete seinen Radlader erneut und fuhr mit sichtlichem Zorn in den Kieshaufen. Kaum waren die beiden Polizisten vom Hof, verwandelte sich sein Gesichtsausdruck. Er sah nun nicht mehr zornig aus, sondern eindeutig ängstlich und sorgenvoll. Zähringer hatte allen Grund dazu. Es würde Schwierigkeiten geben. Er sah sehr dunkle Wolken auf sich zukommen.

»So, das war noch ein Stich ins Wespennest. Jetzt fehlt uns nur noch der Wolf, mit dem machen wir es genauso!«

Zondler freute sich fast auf die nächste Begegnung, so machte die Ermittlungsarbeit Spaß.

Frau Wolf öffnete ihnen die Tür und bot den Herren auch diesmal Kaffee und Kuchen an. Sie nahmen dankend an und bekamen einen wunderbaren Stachelbeerkuchen mit zartem Baiser kredenzt. Offensichtlich waren sie auf eine begnadete Kuchenbäckerin gestoßen. Herr Wolf kam wenig später. Er schien nicht ganz so erfreut von ihrem Anblick, hatte sich aber gut im Griff. Als die Sprache auf das Treffen mit Herrn Schaich kam, hoben sich die Augenbrauen von Frau Wolf merklich. Ihr Gesicht bekam einen säuerlichen Ausdruck.

»Ich dachte, du musst eine wichtige Gemeinderatsangelegenheit klären, hast du doch gesagt.«

»So war's ja auch. Es drehte sich halt um die Schaich. Ich wollte dich da nicht mit reinziehen und beunruhigen.«

»So!«, kam es leicht süffisant von Frau Wolf zurück. In dem kleinen »so« lag sehr viel Ausdruck. Zondler nahm zu Kenntnis, dass Frau Wolf früher wohl ziemlich eifersüchtig auf die attraktive Frau Schaich reagierte hatte. Wolf erzählte ihnen die Version von der Beerdigungsproblematik des Herrn Schaich. Nicht wissend, dass sie bereits bestens Bescheid wussten, auch über das Telefongespräch aus Kreenheinstetten.

Sie bohrten auch nicht lange weiter. Sinn und Zweck ihres Besuches war hauptsächlich, die Verdächtigen unruhig zu machen. Das war ihnen gelungen. Aichele und Zondler bedankten sich überschwänglich für den leckeren Kuchen und setzten sich wieder in Bewegung.

»Für heute reicht's, denen haben wir ganz schön Feuer unterm Hintern gemacht. Wir machen jetzt erst mal Feierabend, morgen geht's weiter.«

Sie fuhren im gemütlichen Tempo nach Stuttgart zurück und unterhielten sich über dies und das. Aus der Gegenrichtung kam ein endloser Strom von Pendlern, alle auf der Heimfahrt von der Arbeit zu ihren Heimatorten. Der Großraum Stuttgart war mehr als überlastet durch diese Blechlawinen. Vielleicht wird es irgendwann mal besser, dachte Zondler. Wenn der neue Bahnhof in Stuttgart mal fertig wird, aber das dauert noch viele Jahre. Solange dort die große Baustelle war, stiegen die Feinstaubwerte der Stadt immer noch mehr an. Das mit dem Nahverkehr klappte auch nicht gut, dauernd gab es Störungen und die Kunden waren sehr verärgert darüber. Und überhaupt, dieser Bahnhof! Über Sinn und Unsinn von Stuttgart 21 konnte man sehr unterschiedlicher Meinung sein.

In Stuttgart angekommen, parkten sie ihren alten Passat in der Tiefgarage. Sie verabschiedeten sich.

Aichele ging zum Volleyballtraining. Zondler hingegen freute sich auf einen schönen Abend mit Jette. Sie wollten zusammen einen Film anschauen, am liebsten in Untertürkheim in diesem hübschen altmodischen Kino, das noch ganz so war wie in den Fünfzigern. An den Plätzen waren kleine Tischlämpchen und man hatte eine ordentliche Ablage auf die man auch ein Vierteleglas oder ein Bier stellen konnte. Die Auswahl an der Bar war üppig. Nebenan war eine schwäbische Wirtschaft, in der man hinterher vielleicht noch eine Kleinigkeit essen konnte.

Das Wochenende fing sehr beschaulich an. In Glückhausen fand der monatliche Bauernmarkt vor der Mühle statt. Es gab ein paar Gemüsestände, dann noch Backwaren, Wurst, selbst gemachtes Gsälz und Blumen. Im Lauf der Zeit waren die Anbieter immer weniger geworden, weil einfach die Kundschaft fehlte. Trotzdem war es ein beliebter Treffpunkt, um eine gegrillte Rote zu essen oder bei einem Stück Kuchen und Kaffee zusammenzusitzen. Man drängte sich auch um die Stehtische und politisierte oder freute sich einfach, alte Bekannte zu treffen. Während die Ehefrauen von Wolf und Zähringer ihr Gemüse einkauften, standen die beiden Männer ein wenig abseits und unterhielten sich leise. Manche Marktbesucher registrierten das eher verwundert. Wusste man doch, dass die beiden sich normalerweise nicht besonders grün waren und kaum freiwillig so lange ruhig miteinander redeten. Egelsberger, der auch unterwegs war, um ein Brot zu kaufen, gesellte sich zu den beiden. Das Gespräch brach daraufhin abrupt ab und wendete sich allgemeineren Dingen zu. Schließlich durfte Egelsberger vom Gesagten nichts mitbekommen. Allerdings fragte Wolf, ob es denn inzwischen bezüglich eines Aktenordners etwas Neues aus dem Rathaus gäbe, was Egelsberger verneinte. Er warf einen raschen Seitenblick auf Zähringer, der aber grade mit ganz anderen Dingen beschäftigt schien und gedankenverloren in die Ferne schaute. Dieser musste schließlich auch nicht alles mitkriegen. So waren alle damit beschäftigt, etwas zu sagen, ohne etwas zu sagen. Was auch in der Gemeindepolitik nicht unüblich, aber trotzdem anstrengend ist. Die Unterhaltung stockte merklich und machte keinem so richtig Vergnügen. Glücklicherweise waren die Frauen inzwischen fertig mit ihren Einkäufen. Jede schleppte einen vollen Korb und stellte ihn vor dem dazugehörigen Mann ab. Schließlich hatten sie heute ausnahmsweise mal ihre Träger dabei. Egelsberger verabschiedete sich und ging zum Wurststand, von wo es schon eine ganze Weile sehr verführerisch roch. Zähringers folgten ihm nach, denn heute wurde mal nicht gekocht. Das Ehepaar Wolf ging nach Hause. Dort gab es noch eine Menge zu tun. Schließlich war der Samstag einer der Hauptarbeitstage für einen Schwaben. Ein Rest vom Gaisburger Marsch von gestern stand auch noch rum. Da konnte man sich das Geld für die Wurst sparen.

Bei Familie Zähringer war Entspannung angesagt. Sonntags fuhren sie ganz gerne mal nach Beuren ins Thermalbad. Johann Zähringer hatte es berufsbedingt öfter mal im Kreuz. Das viele Heben und überhaupt die körperliche Arbeit tat seinen Lendenwirbeln nicht mehr so gut wie in jüngeren Jahren. Er versuchte das mit dem sehr angenehmen Thermalwasser und viel Schwimmen auszugleichen. So waren sie auch heute ins Schwimmbad gefahren. Obwohl, so richtig zügig schwimmen konnte man in der warmen Brühe nicht. Das war eher was zum Entspannen. Dann gab es auch noch den Bereich mit der Dampfgrotte, dem Salzstollen und dem Ruheraum mit dem Sternenhimmel. Man konnte wirklich viele Stunden hier zubringen. Ob im Sommer oder im Winter. Im Sommer war es sogar noch angenehmer, weil sich die Menschenmenge besser verteilte. Auf der großzügigen Liegewiese mit der schönen Aussicht zur Burg Neuffen hinüber konnte man genüsslich mit einem Buch den Tag verbringen oder einfach nur die Augen zumachen.

Und genau das tat Johann Zähringer an diesem Sonntag. Er schnarchte leise vor sich hin. Solange bis seine Frau ihn unvermittelt vom benachbarten Liegestuhl ansprach:

»Du sag mal, gestern war ich draußen in der Werkstatt und hab mal wieder das Klo dort geputzt. Das sah übrigens wieder aus! An den Wasserhahn vom Waschbecken solltest du unbedingt mal irgend so einen Schlauch machen, das spritzt dermaßen. Der ganze Boden wird nass, sobald man den Hahn aufmacht, eine echte Sauerei. Und es trocknet so schlecht. Was wollt ich jetzt eigentlich sagen? Ach ja, du, da stand doch immer der alte Sarg hinten in der Ecke, was isch denn mit dem passiert? Hast du den verschenkt oder was?«

Zähringer gab keine Antwort. Aber nicht, weil er die Frage nicht gehört hatte, sondern weil er nachdenken musste. Und zwar über die Antwort. Die Frage hatte ihn sozusagen eiskalt erwischt. Frau Zähringer wartete also eine Weile ab. Sie war das gewöhnt. Ihr Mann musste sich oft erst sortieren, bevor er sich äußerte.

»Stimmt«, sagte er nach einiger Zeit. »Irgendwann hab ich das blöde Ding weggeschmissen. Stand doch bloß im Weg rum und war zu nix zu gebrauchen. Bei der letzten Fuhre, als ich das Altholz zur Deponie gefahren habe, ist er mit in den Container gekommen.«

»Ach so. Ich hab mich bloß gefragt, wo er hin ist. Wo doch die Schaich anscheinend auch in einem Sarg gefunden wurde.«

»Tja, so ist das wohl immer auf dem Friedhof, dass man dort die Leut in einem Sarg findet«, spöttelte Zähringer, machte die Augen wieder zu und signalisierte damit, dass das Thema für ihn erledigt sei.

Das Wochenende war vorüber. Es war schön und erholsam gewesen. Aichele war sportlich unterwegs gewesen und hatte noch leichten Muskelkater von einer ausgedehnten Fahrradtour in den Schurwald. Zondler hatte sich mit Jette bestens im Kino amüsiert. Den Sonntag hatte er alleine verbracht, denn die Wohnung musste geputzt werden und er brauchte auch mal etwas Zeit für sich. Die beiden Polizeibeamten saßen ausgeschlafen an ihren Schreibtischen und überlegten die nächsten Schachzüge.

»Wir werden jetzt mal ein wenig strenger sein mit den Herrschaften. Die Wiesner soll sie alle ins Präsidium vorladen für morgen. Also ich mein den Wolf und den Zähringer«, sagte Zondler. Und nach einer winzigen Pause:

»Halt, den Schaich brauchen wir auch noch, der soll auch gleich mitkommen.«

»Ich sag's ihr, und was machen wir heute?«

»Na, mal die Akte auf Vordermann bringen, wir sind ja seither nur in der Gegend rumgefahren, wie unser Chef zu sagen pflegt.«

»Auch wieder wahr«, brummelte Aichele schicksalsergeben.

»Ach ja. Mit der Kühn muss ich noch mal sprechen. Ich glaube zwar nicht, dass sie der Schaich die tödliche Verletzung beigebracht hat, aber die Sache mit dem Quecksilber, die schaut doch sehr nach zahnärztlichen Betätigungen aus. Aber das ist eine Untersuchung für sich. Der Frau Doktor werden wir noch auf dem Nerv rumbohren. Sie wird sich wohl auf eine Strafanzeige gefasst machen müssen.«

Der Tag verlief denn auch ruhig mit Schreibtischarbeit. Lediglich unterbrochen von einem Anruf ihres Vorgesetzten, der säuerlich nach ihren Fortschritten fragte. Diesmal konnten sie ihn beruhigen und ihm sogar versichern, dass der Fall kurz vor der Aufklärung stand. Dann kam noch ein seltsamer Anruf von der Frau Zähringer. Sie meinte, sie sei sich ganz unsicher, ob sie das überhaupt erwähnen solle. Ihr Mann habe gemeint, das sei gänzlich unwichtig, aber seltsam komme es ihr schon vor. Sie druckste noch eine ganze Weile herum.

»Jetzt spucken Sie es schon aus Frau Zähringer. Wir werden dann schon merken, ob es wichtig ist oder nicht«, versuchte Aichele sie zu beruhigen.

Es sei so, in der Werkstatthalle fehle etwas, das da seit Jahren rumgestanden habe. Ihr sei das erst kürzlich aufgefallen, weil sie da ausnahmsweise mal wieder geputzt habe. Ihr Mann sage, der sei schon ewig nicht mehr da, er habe ihn weggeschmissen. Aber sonst reden sie doch auch immer miteinander über alles. Also irgendwas sei da komisch.

Frau Zähringer war eindeutig ziemlich durcheinander. So hatte Aichele sie bisher noch nicht kennengelernt.

»Was fehlt denn, Frau Zähringer, sagen Sie es mir einfach«, bat er geduldig.

»Na, der Sarg, der da immer als Behälter für alles Mögliche rumstand. Ich hab erst gedacht, dass er vielleicht gestohlen worden ist, weil ich gehört habe, dass die Frau Schaich in so einem alten Ding gefunden wurde. Mein Mann hat gesagt, er habe ihn weggeworfen, genauer gesagt, mit dem Altholz zur Deponie gefahren. Also vielleicht wurde der vom Täter auf der Deponie mitgenommen. Ich weiß ja nicht, aber komisch ist das schon, oder?«

Nun war es an Aichele, sprachlos zu sein. Auch Zondler, der mitgehört hatte, riss die Augen auf. Aber erst mal beruhigten sie die Frau Zähringer, dass sie alles richtig gemacht habe. Am besten sie schweige erst einmal still wegen dieser Sache. Auch ihren Mann brauche sie nicht weiter zu beunruhigen, am besten, sie erwähne das Thema gar nicht, und wenn er nachfragt, solle sie sagen, sie habe mit niemanden drüber geredet.

»Seltsam, dass die uns ihren Mann sozusagen als Verdächtigen serviert, oder? Ich denke, die sind ein Herz und eine Seele. Der Zähringer ist doch so ein redlicher Mensch?«

»Ist wohl doch nicht ganz so. Man sieht ja nie dahinter. Oder sie ist wirklich so naiv, dass sie an einen Diebstahl von der Mülldeponie glaubt.«

Zondler rief gleich noch beim Holzinger in der Rechtsmedizin an und fragte, was aus dem Sarg geworden sei, in dem man die Schaich ausgebuddelt habe. Ja, der stehe noch bei ihm rum, sagte dieser. Er solle gut auf ihn aufpassen. Ob er ihn für den Eigenbedarf brauche, scherzte Holzinger noch. Zondler lachte, der Pathologe hatte doch immer einen makabren Spruch auf den Lippen. Auch er war sehr fürs Sparen und nachhaltig leben. Aber ein gebrauchter Sarg, ganz so weit musste man es dann doch nicht treiben.

Schließlich gab es noch eine Überraschung. Die Befragungen, die sie in den umliegenden Häusern am Friedhof durchgeführt hatten, waren ohne irgendein Ergebnis verlaufen. Aber jetzt meldete sich doch noch verspätet ein Zeuge. Bernd Hasenmüller hatte am 22. April vor zwei Jahren seine Mutter besucht. Er wusste das Datum so genau, weil es der Geburtstag der alten Dame war und er da selbstverständlich jedes Jahr pünktlich zum Kaffee kam. Er wohnte im Nachbarort und dorthin wollte er am frühen Abend wieder zurück, und zwar durch den Wald mit dem Fahrrad. Dabei kam er am Grundstück von Wolf vorbei, das ja bekanntermaßen am Ortsrand lag. Hasenmüller sah zwei Männer bei Gartenarbeiten hinter der Hecke, höchstwahrscheinlich Wolf und Zähringer. Er sah auch, wie die Exbürgermeisterin aus ihrem Auto stieg und sich von hinten dem Haus näherte.

»Ja, kennen Sie denn die Frau Schaich so gut, dass Sie sich da ganz sicher sind?«, fragte Aichele.

»Aber bestimmt. Ich hab ja lange genug in Glückhausen gewohnt. Sie ist schon eine, die man sich merkt. Ich wusste auch, dass die Schaichs gar nicht mehr im Ort wohnen und hab mich noch gewundert, wo die jetzt auf einmal herkommt und was sie vom Wolf will. Aber was geht's mich an, ich bin weitergefahren Richtung Wernau. Dort ist mir dann was passiert, was mich die kurze Episode mit der Bürgermeisterin total vergessen ließ.«

»Was denn?«, fühlte sich Aichele sogleich verpflichtet nachzufragen.

»Ist Ihnen beim Radfahren schon mal eine Wildsau von links nach rechts über den Weg gelaufen? Und das nur in fünf Meter Entfernung? Ich hab mich dermaßen erschrocken! Wenn die mich jetzt angegriffen hätte. Man liest ja immer, dass Wildschweine besonders gefährlich sind, wenn sie Junge haben. Also mir ist jedenfalls ganz blümerant geworden. Ich hab nur noch geschaut, dass ich möglichst schnell aus dem Wald raus gekommen bin. An die Schaich hab ich überhaupt nicht mehr gedacht. Auch die letzten zwei Jahre nicht. Erst jetzt ist mir das wieder eingefallen. Meine Mutter hat mir erzählt, dass die Polizei in der Nachbarschaft rumgefragt hat, ob irgendjemand was beobachtet hat. Da dachte ich, ich muss mich bei Ihnen melden.«

»Herr Hasenmüller, Sie haben uns wirklich sehr geholfen! Das Ganze muss natürlich noch protokolliert werden. Bitte kommen Sie demnächst zu uns auf's Präsidium, damit wir Ihre Aussage aufnehmen können. Meine Sekretärin gibt Ihnen gleich die Adresse und auch einen Termin. Moment, ich verbinde Sie. Und vielen Dank nochmals!«

Aichele klatschte begeistert in die Hände. Auch Zondler war sehr erfreut, denn er hatte über Lautsprecher mitgehört.

»Dann ist Hasenmüller wahrscheinlich derjenige, der Frau

Schaich zuletzt lebend gesehen hat, nehme ich mal an. Und das auf dem Grundstück von Wolf. Sehr interessant. Der Zähringer steckt da auch noch irgendwie mit drin. Das mit dem Sarg ist auch verdächtig. Aichele, morgen nehmen wir uns die zwei Männer mal richtig vor.«

Am nächsten Morgen saßen die Herren Wolf, Zähringer und Schaich tatsächlich alle drei im Flur des Kommissariats und warteten. Am Spätnachmittag des Vortages hatte Frau Wiesner sie eingeladen, heute zu erscheinen. Wobei die »Einladung« sich doch recht offiziell und nicht sehr gastfreundlich angehört hatte.

Wolf hatte anschließend den Weg zur einzig öffentlichen Telefonzelle in Glückhausen angetreten. Von dort aus hatte er Zähringer angerufen. Nicht auf dem Handy, sondern die Festnetznummer. Sie hatten sich ausgetauscht, was die Vorladung wohl bedeuten konnte und inwieweit die Polizei sie verdächtigte. Schlauer war er hinterher nicht gewesen. Zähringer war auch beunruhigt, hatte aber keine Vorstellung, was sie erwartete. Hingehen mussten sie auf jeden Fall, aber es würde kein leichter Gang werden.

Dann sahen sie auch noch den Schaich dort sitzen. Das konnte nichts Gutes bedeuten. Sprechen konnten sie auf dem Präsidium nicht mehr miteinander. Also warteten sie, wortlos auf ihren Stühlen verharrend, bis sich die Bürotüren öffneten. Zondler ließ sie eine ganze Weile schmoren, dann rief er Wolf zu sich rein. Schaich wurde in ein anderes Zimmer gerufen. Zähringer blieb alleine auf dem Flur übrig.

»Also wie sieht's aus, Herr Wolf, ist Ihnen noch was Neues eingefallen, was Ihr geheimnisvolles Treffen mit Herrn

Schaich vom Donnerstag betrifft?«, eröffnete Hauptkommissar Zondler das Gespräch.

»Tut mir leid, da gibt es nichts, was mir noch einfallen könnte. Es ist so, wie bereits gesagt: Herr Schaich hatte ein paar Fragen wegen der Beerdigung seiner Frau und ich sollte ihm helfen.«

Wolf trat betont selbstsicher auf und schien sich keine Sorgen über diese Vorladung zu machen. Innen drin in ihm sah es allerdings anders aus.

»Warum hat er nicht einfach bei Ihnen angerufen? Warum dieses konspirative Treffen?«

»Er wollte nicht, dass man uns zusammen sieht und nach Glückhausen mochte er auf keinen Fall kommen. Sie haben da vielleicht auch ein klein wenig Verständnis dafür. Ein persönliches Gespräch war ihm wohl wichtig«, erwiderte Wolf.

»Das hört sich ganz plausibel an Herr Wolf, aber nur wenn man nichts von ihrem Telefongespräch mit dem Herrn Zähringer weiß. Musste der etwa auch Herrn Schaich zur Seite stehen? Ziemlich viel Hilfe für eine Bestattung, finden Sie nicht?«

Wolf sagte nichts. Er vermied jeglichen Blickkontakt mit Zondler. Vorsichtshalber schaltete er auf stur.

»Ich weiß nicht mehr, als ich Ihnen gesagt habe. Entweder Sie glauben mir oder Sie lassen es bleiben.«

»Jetzt mal was anderes, Herr Wolf. Wir haben da einen Zeugen, der die Bürgermeisterin am Spätnachmittag des 22. April vor zwei Jahren ihren Garten betreten gesehen hat. Das war einen Tag, bevor der Herr Schaich seine Frau bei der Polizei als vermisst gemeldet hat. Seltsam, oder? Sie scheint irgendwie bei Ihnen auf dem Grundstück verschwunden zu sein. Der Herr Zähringer war wohl auch grad bei Ihnen. Der Zeuge hat uns was von Bauarbeiten in Ihrem Garten erzählt.«

Wolf war geschockt und suchte fieberhaft nach einer

plausiblen Erklärung. Es fiel ihm aber nichts ein, absolut nichts. Daher leugnete er den Besuch von Frau Schaich ab.

»Ich hab sie nicht gesehen an dem Tag. Vielleicht hat Ihr sogenannter Zeuge sich ja vertan. Der Zähringer und ich haben meine Gartentreppe neu gesetzt. Wir haben nicht links und nicht rechts geschaut. Vielleicht ist sie ja ums Grundstück geschlichen, keine Ahnung. Aber geredet haben wir nicht miteinander. Was dann mit ihr passiert ist, woher soll ich denn das wissen? Sie behandeln mich hier, als ob ich sie unter der Treppe einbetoniert hätte!«

»Naja, vielleicht haben Sie das ja auch vorgehabt, Herr Wolf. Das hat es alles schon gegeben. Aber wie Sie wissen, war ihr ein anderes Schicksal beschieden. Ich würde Ihnen wirklich empfehlen: Gehen Sie in sich und erzählen Sie uns die ganze Geschichte. Einen Anwalt sollten Sie auch kontaktieren. Vorläufig können Sie gehen, aber halten Sie sich zu unserer Verfügung, wir sind noch nicht fertig mit Ihnen. Wir wissen schon mehr, als Sie denken und es wird langsam eng. Da draußen sitzen noch zwei, die sind vielleicht mitteilsamer als Sie.«

Wolf sagte gar nichts mehr. Er bemühte sich um Haltung und eine undurchschaubare Miene. Dann schob er seinen Stuhl nach hinten und stand forsch auf.

»Dann kann ich jetzt also gehen?«, vergewisserte er sich.

»Ja, bis auf Weiteres«, schloss Zondler die Befragung. Wolf ging mit erhobenem Kopf zur Tür und verließ grußlos den Raum. Zondler schaute ihm hinterher. Er hatte da so ein Gefühl, dass es nicht mehr lange dauern würde, bis einer der drei Verdächtigen mit der Wahrheit rausrücken würde.

Aichele betrieb zwei Zimmer weiter ein ähnliches Katz- und Mausspiel mit Schaich. Es war klar, dass sich die Verdächtigen abgesprochen hatten, was sie sagen würden. Ewig würden sie das aber nicht durchhalten. Sie waren schließlich keine hartgesottenen Kriminellen. Irgendwann würde einer von ihnen einbrechen und einen Fehler machen. Genau genommen wussten Zondler und Aichele ja immer noch nicht, was passiert war. Alles, was sie wirklich hatten, war die Leiche und der rechtsmedizinische Befund. Außerdem ein paar merkwürdige Vorgänge und Vermutungen.

Schaich hielt sich ganz gut, er war eine harte Nuss. Aichele kam nicht richtig weiter bei ihm.

»Also Herr Schaich, Sie haben uns Ihre Ehe geschildert, den Umzug nach Kreenheinstetten und alles war ganz normal. Dann ist Ihre Frau verschwunden. Warten Sie mal, genau, am 23. April haben Sie sie als vermisst gemeldet. Kurz darauf ist sie nach Ihren Aussagen wieder aufgetaucht, hat ihre Sachen gepackt und ist ab nach Madeira. Ohne, dass Sie Ihre Frau überhaupt noch mal gesehen haben. Von dort kriegen Sie seither jeden Monat eine stattliche Summe überwiesen. Also mal ehrlich, wenn Ihnen das einer erzählen würde, dann würden Sie doch auch sagen, das hört sich wie ein Märchen an, oder?«

»Ich hab Ihnen doch schon mehrmals gesagt, dass für uns beide dieses Arrangement genau richtig war. Warum sollte ich es hinterfragen, wenn es doch so gut gepasst hat?«

»Nur dumm, dass Ihre Frau zur selben Zeit schon im Grab von Häberles lag und den Weg alles Irdischen ging. Von dort aus kann man schlecht Banküberweisungen tätigen.«

»Aber das wusste ich doch nicht! Ich hatte keine Ahnung, glauben Sie mir doch!«

»Das fällt mir, ehrlich gesagt, schwer. Sie hatten in letzter Zeit auch auffällig viel Kontakt zu ein, zwei Leuten aus Glückhausen.«

»Das hab ich Ihnen doch erklärt, das hängt mit der Beerdigung meiner Frau zusammen.«

»Und was hat der Zähringer damit zu tun? Soll der Ihnen mit seinem Bagger in Kreenheinstetten ein Loch ausheben für die zweite Bestattung Ihrer Frau, aus alter Freundschaft oder so?«

»Sie brauchen jetzt aber nicht unverschämt werden, Herr Aichele, das verbitte ich mir!«, regte Schaich sich auf.

»Das war nicht persönlich gemeint, Herr Schaich. Aber wir wundern uns schon sehr, was sie drei auf einmal so gemeinsam haben. Aber gut, Sie können vorerst gehen. Aber bitte nicht verreisen, zum Beispiel nach Madeira.«

Schaich warf dem Kommissar noch einen giftigen Blick zu und verließ dann schleunigst das Vernehmungszimmer. Das sah nicht gut aus für ihn, das wurde ihm immer klarer.

Dieses war der zweite Streich, doch der dritte folgt sogleich«, rezitierte Aichele frei nach Wilhelm Busch, als er zu Zondler ins Büro trat.

Bei einer Tasse Kaffee und einer Schneckennudel, die ihnen Frau Wiesner hingestellt hatte, tauschten sie die Befragungsergebnisse aus.

»So, und jetzt noch der Zähringer, der hat lange schmoren müssen. Vielleicht haben wir ihn schon weich gekocht«, nuschelte Zondler etwas undeutlich beim letzten Bissen des Hefegebäcks. Die Schneckennudel war so was von lecker. Jede Menge Rosinen, locker luftig mit Puderzuckerguss und einer leichten Zimtnote. Da konnte man alle guten Vorsätze vergessen. Da werd ich halt ein Viertelstündchen länger auf dem Stepper hin und her hampeln im Fitness, aber das war's allemal wert. Schließlich will ich nicht zum Genussverweigerer werden, dachte er bei sich. Er stand auf, wusch sich die Hände. Nebenbei überprüfte er sein Gebiss, ob sich nicht noch irgendwelche Teigreste dort befanden. Das sah so ungepflegt aus, und er hasste solche Nachlässigkeiten.

Auch Aichele machte sich bereit für den nächsten Durchgang. Dann riefen sie Johann Zähringer ins Büro. Der saß wie ein Haufen Elend im Flur und sah aus, als ob er schon die Hoffnung auf Erlösung aufgegeben hätte. Zondler bekam fast ein schlechtes Gewissen. Wie lange hatten sie den hier sitzen lassen? Bestimmt schon beinahe zwei Stunden. Aber Zähringer beschwerte sich nicht einmal. Wolf und Schaich waren durch eine andere Tür hinausgegangen. Schaich wusste also nicht, ob sie immer noch vernommen wurden.

Zondler und Aichele wechselten sich diesmal bei der Befragung ab. Nach einem anfänglichen Geplänkel unterstellte Zondler ihm plötzlich den Mord an der Schaich, weil die ihn jahrelang bis aufs Blut geplagt hätte im Gemeinderat. Da sei ihm eben irgendwann die Sicherung durchgeknallt. Oder hätte die Schaich doch Erfolg bei ihm gehabt? Womöglich sei er von ihr erpresst worden, wer weiß. Jeder habe mal einen schwachen Moment und so ganz unansehnlich sei sie wohl nicht gewesen.

Es war förmlich zu spüren, wie es in Zähringer kochte. Seine Gesichtsfarbe tendierte immer mehr ins Rötliche.

»Das ist doch ein ausgemachter Blödsinn. Nie im Leben wär das passiert, ich leide doch nicht an Geschmacksverirrung. Schwacher Moment, pfff! Mit der, nie! Die Schaich war ein fürchterliches Weib. Aber deshalb bring ich sie doch nicht gleich um!«

»Und wie war das mit den Telefonaten und dem geplanten Treffen in Kreenheinstetten?«

»Wie der Herr Wolf sicher schon sagte, wir wollten

dem Schaich behilflich sein, was die Bestattung seiner Frau angeht.«

»Und dazu brauchte man unbedingt auch noch Sie? Etwas übertrieben, finden Sie nicht auch Herr Zähringer? Oder wollte der Herr Schaich vielleicht ein Möbelstück von Ihnen kaufen?«

»Wie? Das versteh ich jetzt nicht«, fragte Zähringer verwirrt.

Aichele mischte sich ein.

»Wir haben gehört, Ihnen ist etwas aus Holz aus Ihrer Werkstatt abhanden gekommen? Ein eher ungewöhnliches Teil. So was hat nicht jeder rumstehen. Soll aber ganz praktisch sein für unvorhergesehene Todesfälle.«

Zähringer wurde bleich wie eine Wand.

»Woher wissen Sie das? Das kann nur meine …«, er brach mitten im Satz ab und sagte nichts mehr.

»Ja, so ist es, Herr Zähringer. Ihre Frau war stark beunruhigt, weil der Sarg verschwunden war. Ihr ist das seither gar nicht aufgefallen, sie kommt nach eigener Aussage auch nicht oft in die Werkstatt. Aber jetzt, im Zusammenhang mit der Leiche von Frau Schaich ist ihr das bewusst geworden. Hoffentlich nehmen Sie ihr das nicht übel, sie ist nur ihrem Gewissen gefolgt. Sie wollte Ihnen bestimmt nicht schaden. Sie dachte eher an einen Diebstahl.«

»Ich hab ihr doch gesagt, dass ich das Teil schon vor langer Zeit weggeworfen habe. Kann ja wirklich sein, dass irgendwer auf der Deponie den Sarg mitgenommen hat. Vielleicht zum Spaß oder was weiß ich denn.«

»Das soll es geben, manche Leute haben einen seltsamen Humor. Vielleicht ist auch der Hund von jemand gestorben und da kam der Sarg gerade recht. Alles vorstellbar. Womit wir jetzt aber zu den Fakten kommen: Sie waren am 22. April vor zwei Jahren bei Herrn Wolf im Garten beschäftigt. Stimmt das?«

»Ja, einige Stufen seiner Gartentreppe hatten sich gelockert und hingen schief. Wir reparierten das gemeinsam.«

»So weit, so gut. Nun haben wir einen Zeugen, der erstens sie beide dabei gesehen hat. Und zweitens, und jetzt wird's interessant, auch die Frau Schaich gesehen hat. Sie hat ihr Auto hinterm Haus geparkt. Der Zeuge kann beschwören, dass sie das Grundstück vom Herrn Wolf betreten hat. Seither war sie verschwunden. Aber doch eigentlich ganz nahe. Nämlich auf dem Friedhof von Glückhausen im Grab vom Otto Häberle. Erzählen Sie uns jetzt nicht, dass Sie die Frau Schaich nicht gesehen haben. Der Wolf hat's nämlich schon zugegeben.«

Das war zwar faustdick gelogen, aber Zähringer wusste das schließlich nicht. Außerdem brachte dieser kleine Hinweis auf Wolf den gewünschten Erfolg. Johann Zähringer sackte noch mehr auf seinem Stuhl zusammen und schlug die Hände vors Gesicht. Es schüttelte ihn regelrecht. Zondler und Aichele ließen ihn eine Weile in Ruhe und beobachteten ihn lediglich.

»Ich kann nicht mehr, das muss jetzt ein Ende haben«, stammelte er.

»Gut, dann sind wir uns ja einig. Wir trinken jetzt einen Kaffee zusammen und dabei erzählen Sie uns die ganze Geschichte, Herr Zähringer. Sie werden sehen, Ihnen geht es danach besser, glauben Sie mir.«

Zondler drückte Zähringer kurz die Schulter, man konnte meinen, er habe Mitleid mit ihm und vielleicht war es auch so.

Aichele ging Kaffee holen. Sie richteten sich auf einen langen Nachmittag ein.

Dann fing Johann Zähringer an zu erzählen.

»Ich weiß jetzt gar nicht, wo ich anfangen soll. Die Schaich und ich, das hat von Anfang an nicht gepasst. Sie war ein richtig fieses Stück, da bleib ich dabei. Ich hab mich jahrelang bemüht, ihr auf die Finger zu schauen, weil das einfach nicht geht, dass eine hier das Herrgöttle spielt. Oft zum Schaden der Gemeinde und in die eigene Tasche hat sie gewirtschaftet. Die meisten im Gremium hat sie eingewickelt oder gekauft. Weil ich da nicht mitgespielt habe, hatte ich halt die Arschkarte.

Ich hab Ihnen ja schon erzählt, dass sie mich immer wieder provoziert hat. Bei einem Dorffest hat sie mich dann auch dermaßen angebaggert, dass ich mich kaum noch wehren konnte. Die hat gemeint, alles im Dorf, einschließlich der Männer gehört ihr! Aber das ist schon länger her.«

»Was wissen Sie denn eigentlich über diese Recyclinganlage, die geplant war?«, warf Aichele ein.

»Das mit der Anlage, das hat keiner offiziell gewusst. Ich hab's auch nur zufällig mitgekriegt, weil sich der Egelsberger mal verplappert hat nach der Sitzung. Da hockt man ja immer lange zusammen und trinkt ordentlich. Nicht alle, aber manche. Was Genaues wusste ich nicht. Nur, dass die Schaich was am Laufen hatte mit so einer Anlage. Es sind auch keine Namen gefallen, nur von einem möglichen Investor hat man gehört, der der Gemeinde viel Geld bringen würde, falls es keine großen Hindernisse gäbe. Jedenfalls war mir klar, dass da schon ordentlich geschmiert wurde und nicht nur bei der Bürgermeisterin. Ich bin da nicht mit einbezogen worden, mir traut ja keiner.

Irgendwas muss dann schief gelaufen sein. Es wurde jedenfalls nicht mehr über diese Planung geredet. Vom neuen Bürgermeister ist diesbezüglich nie ein Wort gefallen, also hat es sich sicher erledigt. Ich wollte auch keine schlafenden Hunde wecken.

Die Schaich ist damals ja zurückgetreten. Aus gesundheitlichen Gründen, hat es geheißen. Als die zwei weggezogen sind, hat man sie auch schnell wieder vergessen. Ich jedenfalls. Aber anscheinend gab es da noch ein paar Verknüpfungen.«

»Genau, und diese Verknüpfungen interessieren uns ganz besonders. Können wir den Schauplatz jetzt bitte in Wolfs Garten verlegen, auf den 22. April. Und Sie erzählen uns, was da geschehen ist«, gab Zondler den roten Faden vor.

»Also wie bereits gesagt. Der Wolf und ich arbeiteten bei ihm im Garten an der Reparatur der Treppe. Seine Frau war nicht da. Ich glaub, die war auf irgendeinem Ausflug. Es war schon Spätnachmittag. Die Arbeit klappte gut, der Wolf ist handwerklich kein Ungeschickter und hat tatkräftig mit angepackt. Durch den hinteren Garteneingang sahen wir plötzlich die Yvonne Schaich kommen. Als sie mich gesehen hat, hat sie angehalten. Ich hab gemerkt, dass ihr meine Anwesenheit gar nicht recht war. Umdrehen und wieder weggehen hätte aber blöd ausgesehen. Deshalb kam sie noch ein Stück näher und winkte Wolf zu sich. Ich hab sie so gut es ging ignoriert. Trotzdem hab ich natürlich das eine oder andere mitbekommen, das ließ sich nicht vermeiden. Erst unterhielten die zwei sich ruhig, das Gespräch wurde dann aber zusehends lauter und erregter. Schließlich stritten sie so heftig, dass ich wirklich alles verstehen konnte. Ich hab auch ausgesprochen gute Ohren.«

»Und, was haben Sie gehört mit Ihren Superohren, Herr Zähringer?«, fragte Aichele.

»Es ging um die Recyclinganlage. Die Schaich hat Wolf vorgeworfen, dass er bei dem Deal mitgemacht hätte und einen schönen Urlaub abgesahnt habe. Ihm wäre gar nichts passiert, nachdem die Sache aufgeflogen sei. Sie sei die Einzige, die einen Schaden von dem geplatzten Geschäft gehabt hätte. Sogar ihre unkündbare Stelle als Bürgermeisterin habe sie das gekostet. Die obersten Landesbehörden hatten irgendwie Wind von den Schmiergeldern bekommen und der Sache ein Ende gemacht. Offizielle Untersuchungen hätten ein schlechtes Bild auf das Regierungspräsidium geworfen. Also hatte man das in aller Stille abgehandelt.

An ihr wurde ein Exempel statuiert. Es wurde ihr dringend nahegelegt, unter irgendwelchen Ausreden ihren Rücktritt einzureichen und von der Bildfläche zu verschwinden. Immerhin bliebe ihr dann ihre Pension. Zähneknirschend hatte Yvonne Schaich zugestimmt. Aber es wurmte sie ganz gewaltig, dass ihr Mitwisser, Herbert Wolf, so davonkam. Sie hatte Wolf damals mit einbezogen, weil sie sich dachte, dass dieser manche Stellen im Gemeinderat positiv in die gewünschte Richtung lenken könnte. Aber so weit war es dann ja nicht mehr gekommen. Er schuldete ihr eindeutig was und deshalb sei sie heute hier. So ungefähr hat sie das dem Wolf erzählt.«

»Merkwürdig, dass die Frau Schaich so ungeniert geredet hat vor Ihnen. Ihr muss doch klar gewesen, sein, dass Sie mithören.«

»Vielleicht nicht ganz. Ich hatte zwar Ohrenschützer auf, aber nicht richtig, also eigentlich gar nicht, denn so ein wenig neugierig war ich schon.«

»Aha. Und wie ging's weiter?«

»Der Wolf hat das wohl anders gesehen. Frau Schaich wollte ihn regelrecht erpressen. Sie verlangte zehntausend Euro von ihm, sozusagen als Schmerzensgeld. Wolf hat zu ihr gesagt, dass sie sich das abschminken könne und sie sei wohl verrückt geworden. Das ging so eine Weile hin und her. Beide wurden immer wütender, der Wolf schließlich dermaßen, dass er die Beherrschung verlor. Er schubste die Schaich, die ist ja nicht sehr kräftig gewesen. Sie hat sofort das Gleichgewicht verloren. Sie stolperte einige Schritte rückwärts, fiel dann auch noch über einen Erdklumpen und ist mir dann sozusagen vor den Bagger gefallen. Ich hab ja die ganze Zeit nebenher die Erde wieder an der Treppe verfüllt. Alles hab ich auch nicht gesehen. Wolf hat mir nachher erzählt, dass sie rückwärts über den Erdbollen gestolpert ist. Ich hab grade wieder nach vorne geschwenkt und konnte beim besten Willen nicht ausweichen, sie ist mit dem Kopf gegen den Greifer geknallt oder umgekehrt. Jedenfalls ist sie vollends umgefallen wie ein Stein und blieb regungslos liegen.«

»Haben Sie dann was unternommen, Wiederbelebung, Notarzt irgendwas in der Art?«

»Wir waren beide starr vor Schreck, es war ganz entsetzlich, keiner hat was gesagt. Ich bin dann aus dem Bagger raus und hab bei ihr nach Puls und Herzschlag geschaut. Nichts, absolut nichts. Sie war eindeutig mausetot. Wissen Sie, das ist der größte Albtraum jedes Baggerfahrers, dass er mal einen erschlägt mit der Maschine oder dass ein Graben einstürzt. Zwanzig Jahre ist mir nie was passiert und jetzt das. Ich war total unter Schock und der Wolf wohl auch.

Und was machen wir jetzt, hab ich ihn gefragt. Der Wolf fluchte und schimpfte und sagte, dass uns das kein Mensch glauben würde, wenn wir sagen, dass es ein Unfall war. Jeder wisse, dass die Schaich und ich verfeindet waren und ganz sicher würden sie mir einen Mord anhängen. Im Gegenzug erinnerte ich ihn an seine Machenschaften. Wenn das aufkäme, sehe es für ihn genauso schlecht aus. Und außerdem, den Stoß habe er ihr gegeben, das wisse ich genau.

Wir stritten also eine ganze Weile rum, wer nun schuld hat, aber das brachte uns nicht weiter. Die Frau Schaich lag da und war tot, das war Fakt. Der Wolf sagte dann, dass uns nichts anderes übrig bleibe als zusammenzuhalten. Das Beste sei, wenn wir die Schaich verschwinden lassen. Jetzt im Nachhinein eine saublöde Idee. Aber ich war so was von in Panik, das können Sie sich gar nicht vorstellen. Wir konnten wohl alle zwei nicht mehr klar denken. Was tun mit der Leiche? Wir überlegten und überlegten. Dann kam mir ein Gedanke: Wo sucht man einen Toten am wenigsten? Genau, dort wo er hingehört, auf dem Friedhof.«

»Sie haben die Leiche von der Frau Schaich doch erst mal aus dem Garten schaffen müssen, oder?«, fragte Zondler.

»Ja, das war das Wichtigste. Als Erstes wieder normale Zustände schaffen bei Wolf. Wir trugen die Frau Schaich in den Holzschuppen. Es war echt ein Glück, dass seine Frau nicht da war, sonst hätten wir das nie hingekriegt. Da der Garten blickdicht von Thujahecken umgeben ist und das Haus sowieso alleine am Ortsrand steht, waren wir vor neugierigen Augen sicher. Das fremde Auto verschwand vorübergehend in der geräumigen Wolfschen Doppelgarage. Darum wollten wir uns später kümmern. Alles sollte ganz normal wie immer aussehen.

Ich war glücklicherweise fast fertig mit meinen Erdarbeiten. Anschließend telefonierte ich mit meiner Frau und sagte, dass es heute spät würde. Das dauere hier noch eine ganze Weile. Nach getaner Arbeit hätte Wolf mich zum Vesper eingeladen. Es gäbe noch einige wichtige Dinge für die kommende Gemeinderatssitzung zu besprechen.

Meine Frau wunderte sich nicht. Sie ist es gewöhnt, dass ich ständig bei kommunalen Angelegenheiten verhocke. Dabei haben wir alles andere getan, als bei einem gemütlichen Vesper und Bier zusammenzusitzen. Uns war der Appetit gründlich vergangen. Nein, wir planten generalstabsmäßig das Beseitigen unserer Exbürgermeisterin und ihrer Spuren. ›Sogar wenn sie tot ist, macht die einem noch Ärger‹, hat der Wolf noch vor sich hingeschimpft.«

»Erzählen Sie ruhig ganz genau, was Sie da alles ausgeheckt haben«, ermunterte ihn Aichele.

Zähringer brauchte nicht viel Zuspruch, einmal angefangen, war der Redefluss kaum zu stoppen. Die Kommissare hatten den Eindruck, als löse sich da eine Lawine aus seinem Kopf und Bauch.

»Wir mussten beispielsweise herausfinden, wer alles wusste, dass die Schaich an dem Tag nach Glückhausen gefahren war. Ihr Mann wahrscheinlich. Das war ein heikler Punkt. Der Egelsberger vielleicht. Wolf musste ihn anrufen und rauskriegen, ob sie bei ihm vorgesprochen hatte, um ihn gleichfalls zu erpressen. Über die Recyclinganlage wusste der zwar nicht allzu viel, aber immerhin. Dann war da auch noch dieser vermaledeite Skiausflug. Da die Schaich wohl dringend Geld brauchte war ihr durchaus zuzutrauen, dass sie diesbezüglich auch versucht hatte, beim Egelsberger abzukassieren. Ich kannte die Geschichte ja nur vom Hörensagen, aber die war nicht ohne. Egelsberger lag sehr viel daran, dass seine Hildegard kein Sterbenswörtchen davon erfuhr. Das wäre ihm sicher einiges wert gewesen.

Wir beide schworen uns jedenfalls, niemanden etwas davon zu erzählen, dass Yvonne Schaich in Glückhausen gewesen war. Schlimm genug, dass zwei davon wussten, noch dazu wir zwei. Wir können uns ja eigentlich nicht leiden und misstrauen einander.«

Aichele machte eine Flasche Wasser auf und goss jedem ein Glas ein. Eine kurze Pause trat ein. Zähringer hatte Gelegenheit, seine nächsten Ausführungen zu sortieren und dann in Worte zu fassen.

»Also, das Auto war vorerst außer Sichtweite. Es war viel dringender, die Leiche los zu werden. Mir kam die Idee, auf dem Friedhof ein geeignetes Grab auszusuchen, in das man die Tote dazulegen konnte. Wolf hatte seinerseits keinen besseren Vorschlag. Also planten wir die Sache so exakt wie möglich durch.

Ich habe einen kleinen Bagger, der gut für die engen Arbeiten auf dem Friedhof geeignet ist. Schließlich kann man dort nicht über andere Gräber fahren und muss behutsam vorgehen. Der Friedhof liegt ein ganzes Stück außerhalb von Glückhausen. Mitten in der Nacht würde sich dort wohl niemand rumtreiben. Wolf sollte Schmiere stehen und sofort melden, wenn Gefahr im Verzug wäre. Klar, ein Risiko war schon dabei, aber was blieb uns anderes übrig?«

»Zur Polizei gehen und einen Unglücksfall melden vielleicht?«

Zondler konnte es nicht fassen, was er sich da anhören musste. Zähringer seufzte gequält.

»Sie haben ja recht, aber, einmal angefangen, fühlten wir uns wie getrieben. Also, ich beschloss, sofort auf den Friedhof zu fahren und bei meinem Vater die Blumen zu gießen. Bei der Gelegenheit schaute ich mich nach einem geeigneten Platz um. Es war wenig los und ich wurde bald fündig. Das Grab der Familie Häberle stach mir ins Auge. Vor drei Tagen war Otto Häberle beigesetzt worden und es stapelten sich Kränze und Blumenschalen auf dem Grabhügel. Ich war selbst bei der Beerdigung gewesen und wusste, dass links neben dem Sarg noch Platz war. Ich war mir auch sicher, dass es keine Frau Häberle mehr gab, was sich im Nachhinein als folgenschwerer Irrtum erweisen sollte.

Wenn ich mir die Anordnung des Grabschmucks genau merkte und die freie Seite neben dem Häberle aushob, dann die Schaich hineinlegte und alles wieder sauber zumachte, dann müsste es funktionieren. Und wenn ich am Schluss die Blumen genau wie vorher anordnete, dann würde man so gut wie nichts sehen. Ich wusste, ich kann das.

Besonders wichtig war die Anordnung der Blumen und Kränze. Die Familien merken sich so was ganz genau. Das Grab musste wirklich genauso aussehen wie vorher. Kein Mensch durfte sehen, dass da jemand dran war. Deshalb machte ich ein paar Fotos mit dem Smartphone, damit ich nichts falsch machte beim Dekorieren. Dann fiel mir noch ein, dass in meiner Werkhalle ein Sarg stand, den ich mal spaßeshalber von einer Bau- und Friedhofsmesse mit nach Hause gebracht hatte. Ich hab da alles mögliche Werkzeug drin aufbewahrt. Den holte ich auf dem Rückweg ab, entstaubte ihn notdürftig und schob ihn in meinen Transporter.

Als ich wieder bei Wolf ankam, war es dunkel geworden. Wir aßen dann doch noch einen Happen und tranken uns auch etwas Mut an. Der Wolf und ich, kaum zu glauben, dass wir gemeinsam so ein Ding durchzogen! Aber in der Not frisst der Teufel Fliegen. Meine Frau hab ich auch noch mal angerufen, sie solle ruhig schon ins Bett gehen, wir säßen hier wohl noch sehr lange, es gehe so langsam ans Eingemachte. Ich weiß gar nicht, wo ich die Nerven dafür hernahm. Ausgerechnet ich, der sonst nicht mal die kleinste Schummelei fertigbringt. Irgendwie fühlte ich mich wie betäubt und aus der Zeit gerissen. Passierte das alles wirklich, lag da tatsächlich eine Leiche draußen in der Garage? Ich kannte mich selbst nicht mehr.«

Zähringer brauchte eine Pause. Sein Kopf brummte, seine Stimme klang heiser. Er nahm einen großen Schluck Wasser und fragte, ob er mal auf die Toilette könne.

»Ja sicher, kommen Sie, ich zeige Ihnen wo«, bot sich Aichele gleich hilfsbereit an. Alle waren froh, sich für ein paar Minuten die Beine vertreten zu können. Zähringer verschwand im Klo und wusch sich anschließend ausdauernd die Hände. Auch den Kopf steckte er kurz unters Wasser, damit er wieder etwas klarer wurde.

Zondler hatte inzwischen das Büro gut durchgelüftet und außerdem neuen Kaffee nebst ein paar Schokoriegeln geholt.

»Greifen Sie zu, Herr Zähringer. Ich glaub, ein wenig Nervennahrung können Sie gut gebrauchen«, forderte er ihn freundlich auf.

»Danke, ja. Schokolade ist genau das Richtige. Soll ich dann weitererzählen?«

Zondler drückte auf das Aufnahmegerät, um das Gespräch weiter aufzuzeichnen und nickte Zähringer zu.

»Also, nach dem bisschen Essen ging es endlich los. Ich fuhr meinen Transporter rückwärts an die Garage, holte den Sarg heraus und wir trugen ihn gemeinsam in die Garage neben die Tote. Wir mussten sie noch ausziehen und ihre Taschen leeren. Die Kleider steckten wir in einen Plastiksack. Den wollten wir unterwegs gleich in einen der vielen Altkleidercontainer werfen. Langsam, vorsichtig, um nicht zu sagen pietätvoll, packten wir die Tote dann an Armen und Beinen und betteten sie zur letzten Ruhe. Sogar die Hände falteten wir ihr noch wie zum Gebet. Ein bisschen Respekt muss sein. Nachdem der Sarg mit dem Akkuschrauber zugeschraubt war, hoben wir ihn wieder ins Auto. Das war harte Arbeit, das kann ich Ihnen sagen.

Draußen wurde der Hänger mit dem Bagger angehängt und wir fuhren über einen größeren Umweg von hinten her an den Friedhof heran. Wolf duckte sich, um nicht gesehen zu werden. Es sollte sich keiner wundern, weshalb ausgerechnet wir beide zu dieser Stunde unterwegs waren. Kurz vorm Friedhof stieg Wolf aus und ging zu Fuß weiter. Er sollte erst mal alleine nachschauen, ob alle Friedhofsbesucher weg waren, bevor ich mich aufs Gelände traute. Alles war ruhig und er gab mir mit einem Handzeichen freie Fahrt. Am Hintereingang öffnete ich das Tor und fuhr mein Gespann mit ausgeschaltetem Scheinwerfer bis zum Häberle-Grab, welches strategisch äußerst günstig lag. Direkt an einem Hauptweg und doch durch viel Gebüsch Richtung Dorf uneinsichtig. Das Glück war uns wirklich hold. Die Nacht war hell und klar und der Mond beleuchtete das Grab. Ich musste nicht mal die Scheinwerfer einschalten. Auch der Wind stand günstig und würde die

Motorgeräusche des Baggers weg vom Dorf wehen. Kein Mensch war zu sehen.

Dann machte ich mich an die Arbeit. Zuerst den Blumenschmuck auf die Seite legen. Anschließend stach ich mit dem Spaten ganz vorsichtig die Grasnarbe ab. Das war der heikelste Teil, denn diese musste unversehrt aussehen. Bevor ich den Bagger anwarf, vergewisserte ich mich nochmals bei Wolf, ob alles ruhig war. Der lief nämlich die ganze Zeit Patrouille. Er gab grünes Licht und ich fing an zu arbeiten, schnell aber exakt.

Als das Loch tief genug war, musste Wolf kurz helfen, den Sarg aus dem Auto zu heben und mit Seilen in das Grab zu senken. Es war eine ziemliche Schinderei und für nur zwei Männer eine schwere Arbeit. Bei ›normalen‹ Beerdigungen braucht man dazu immerhin mindestens vier Mann.«

»Wie haben Sie das denn geschafft?«, unterbrach ihn Zondler, »freilich weiß ich auch, dass es sonst mindestens vier Mann braucht.«

»Stimmt. Das war nicht leicht. Ich hab mit dem Bagger und zwei Schluppen nachgeholfen.«

»Was sind den Schluppen?«, fragte Aichele.

»Das sind stabile Seile mit beidseitigen Schlaufen. Die haben wir an zwei Stellen um den Sarg gelegt und dann am Bagger eingehängt. Ich ließ dann langsam den Baggerarm ab. Der Wolf hat dirigiert, damit der Sarg sich genau ins Loch senkte. So haben wir ihn langsam ins Grab reinrutschen lassen. Gott sei Dank ist der Wolf beim Schaffen nicht so blöd, wie man meinen könnte, ich hatte zuerst Angst, dass er mir vielleicht ins Grab reinfällt. Ich hatte schon oft Helfer, die mehr im Weg rumstehen, statt nützlich zu sein. Und so nah an der Maschine muss man sich wirklich auskennen.«

Zondler schüttelte nur den Kopf. Sein Kollege Aichele hatte der Erzählung Zähringers aufmerksam zugehört.

»Also gut, wie ging es dann weiter, Herr Zähringer?«

»Der Rest ging schnell. Wolf ging wieder auf seinen Beobachtungsposten und sah nach, ob alles ruhig war auf dem Gelände. Ich verfüllte das Grab und verdichtete sehr sorgfältig das Erdreich. Es senkt sich ja immer nach einer Weile. Dann ebnete ich die Fläche akkurat und legte anschließend penibel die Grasnarbe wieder auf. Den übrigen Erdaushub lud ich in den Transporter. Dann streute ich noch schnell ums Grab herum ein bisschen Erde-Sandgemisch für die Übergänge. Anschließend holte ich die zur Seite gelegten Blumen. Die legte ich wieder so auf die Grabstelle, wie sie gewesen waren. Gut, dass ich das Foto gemacht hatte. In der Aufregung hätte ich sonst bestimmt was durcheinandergebracht. Aber alles sah so aus wie vorher. Zum Schluss nahm ich noch den Handfeger. Damit machte ich den Weg und die Platten ums Grab sauber.

Das Ganze hatte nicht mal eine Stunde gedauert. Gelernt ist eben gelernt! Sie wissen das sicher nicht, aber ich habe früher auf verschiedenen Friedhöfen der Umgebung als extern beauftragter Totengräber gearbeitet. Aber leicht ist es mir in dieser Nacht nicht gefallen. Der Angstschweiß floss in Strömen, glauben Sie mir.«

»Was ist mit dem Herrn Wolf, der hat die meiste Zeit nur aufgepasst?«

»Ja, das war auch wichtig und für mich beruhigend. Helfen konnte er bei den Grabarbeiten eh nicht. Nur als wir den Sarg ins Loch senkten, war er bei mir, das ging nicht alleine. So wie er mir erzählte, hatte er die ganze Zeit Schiss, dass doch noch einer vorbeikommt. Die Stunde erschien ihm endlos. Sie glauben nicht, wie froh wir waren, als wir endlich aus dem Friedhof raus waren mit Sack und Pack.«

»Und dann ist jeder heim in sein Bettchen?«, fragte Aichele.

»So ungefähr, wir waren beide total fertig. Ich hab meine Maschine auf den Lagerplatz gefahren und bin dann nach

Hause. Meine Frau hat Gott sei Dank schon geschlafen. Ich bin noch unter die Dusche. Dann hab ich zwar etwas geschlafen, aber wie Sie sich denken können, sehr schlecht.«

Zondler sah auf die Uhr. Er schaltete das Aufnahmegerät wieder ab.

»So, ich denke, für heute machen wir Schluss. Allerdings werden wir Sie wohl dabehalten müssen Herr Zähringer. Sie dürfen kurz mit Ihrer Frau telefonieren, die kann Ihnen ein paar Sachen zusammenrichten und vorbeibringen. Einen Anwalt brauchen Sie auch. Morgen sehen wir dann weiter.«

Johann Zähringer nickte bedrückt. Arme Ricarda, für sie war es wohl am schlimmsten. Sie würde sich das Getuschel der Leute anhören müssen und sich weiterhin im Dorf bewegen. Und die Kinder, denen würden die andern wohl die übelsten Dinge nachrufen von Mörderkind bis Knastibrut oder wer weiß was. Vielleicht wäre es das Beste, aus Glückhausen wegzuziehen. Aber so schnell ging das nicht. Der Betrieb, die alte Mutter. Zähringer sah nur noch in eine schwarze Zukunft. Er war so müde. Schwerfällig stand er auf, als ein Beamter das Zimmer betrat und ihn aufforderte, mitzukommen.

»Holen wir den Wolf heute noch oder erst morgen?«, fragte Aichele als sie wieder allein im Büro waren.

»Ach, ich glaube, das reicht auch noch morgen. Mit dem Zähringer kann er momentan keinen Kontakt aufnehmen und sich schlaumachen. Also lassen wir ihm noch eine letzte Nacht daheim.«

»Gut. Ich bring das noch auf den Weg, damit ihn die Kollegen morgen früh gleich abholen. Schönen Abend noch.«

»Danke, für dich auch. Ich ordne unsern Papierkram noch etwas, dann geh ich auch. Wird Zeit, dass wir uns etwas bewegen. Der Tag war doch ziemlich anstrengend, obwohl wir nur hier rumgesessen sind, gell?«

»Ja, aber erfolgreich«, freute sich Aichele. Er hob die Hand zum Gruß und machte die Tür hinter sich zu.

Das Ehepaar Wolf saß gerade beim Frühstück. Sie schmierte ihm ein Butterbrot und schob es unter der Zeitung durch auf seinen Teller. Wie jeden Morgen hatte er sich dahinter vergraben und ließ sich bedienen. Mit einer Hand tastete er nach dem Brot. Dabei beschmierte er sich natürlich mit Butter. Die Fettfinger wischte er an der Zeitung ab, was wiederum Frau Wolf innerlich sehr empörte. Schließlich wollte sie auch noch einen Blick reinwerfen und dabei keine fettigen Finger bekommen. Aber nur selten äußerte sie ihre Empörung laut. Erstens hätte es nichts genützt und zweitens war ihr Mann eindeutig der Chef in der Beziehung. So war es schon immer gewesen. Er brachte das Geld nach Hause. Sie war dafür zuständig, dass es immer behaglich und angenehm war. Die alte Rollenverteilung eben, wie bei vielen Ehepaaren dieser Generation.

Es klingelte an der Haustür. Wolf ließ die Zeitung sinken und schaute fragend über deren Rand zu seiner Frau.

»Wer kommt denn jetzt um die Zeit? Gang amol und guck.«

Wer auch sonst, dachte seine Gisela seufzend und ging zur Haustür. Ab dem Moment änderte sich das beschauliche Leben der Wolfs für immer. Die zwei Polizeibeamten nahmen den bisher unbescholtenen Bürger mit. Seine Frau packte ihm noch eine Tasche mit dem Nötigsten. Sie war ganz durcheinander und weinte ein bisschen, aber es nützte alles nichts. Wolf blieb stumm und wehrte sich nicht, er war gänzlich überrumpelt. Die Gedanken in seinem Kopf fuhren

Achterbahn. Er hatte versucht, Zähringer am Vorabend noch zu erreichen, aber vergeblich. Hatten sie den auch verhaftet? Wahrscheinlich. Er konnte Gisela gerade noch anweisen, den Benz anzurufen. Das war ihr Familienanwalt. Dann saß er schon im Streifenwagen. Seine Angetraute sah ihm fassungslos hinterher. Sie hatte nicht die Spur einer Ahnung, was hier eigentlich los war.

In Stuttgart angekommen hatte er sich etwas erholt und fragte aufgebracht, was das zu bedeuten habe. Eine Unverschämtheit, ihn derart öffentlich vorzuführen, er sei schließlich nicht irgendwer, sondern der stellvertretende Bürgermeister. Sein Kopf wurde schon bedenklich rot und die Augen traten hervor. Auch seine Stimme schraubte sich immer lauter und aggressiver in die Höhe.

»Ganz ruhig, Herr Wolf, regen Sie sich nicht so auf, sonst trifft Sie noch der Schlag«, setzte ihm Zondler entgegen, der das Ganze angeschaut hatte wie einen alten Werbefilm vom HB-Männle.

»Wir unterhalten uns jetzt mal ganz in Ruhe, ohne dass Sie uns hier den Bürgermeister machen. Setzen Sie sich bitte, es gibt einiges zu klären.«

Wolf klappte den Mund zu und nahm Platz. Aichele kam mit einem »Guten Morgen« zur Tür rein und die Kommissare setzten sich ebenfalls. Zondler drückte den Knopf für die Gesprächsaufnahme.

»In Sachen Frau Schaich. Vernehmung von Herbert Wolf, Mittwoch, 13. April, 8.30 Uhr. Anwesend sind Herbert Wolf und die Kommissare Sebastian Aichele und Peter Zondler.

»Herr Wolf, ich klär Sie mal kurz über den Stand der

Dinge auf. Der Herr Zähringer hat uns gestern noch sehr viel erzählt. Wir wissen fast alles darüber, wie dieses ›Unglück‹, in Anführungsstrichen, passiert sein soll. Was sie beide hinterher mit der Leiche von Frau Schaich gemacht haben und was auf dem Friedhof vor sich gegangen ist. Natürlich sind wir sehr an Ihrer Version der Geschichte interessiert. Es könnte ja sein, dass der Zähringer uns einen Bären aufgebunden hat, um Sie reinzureiten. Schon im eigenen Interesse sollten Sie uns also das Ganze aus Ihrer Sicht erzählen.«

»Könnte aber auch sein, dass Sie mich hier zu einer Aussage verleiten wollen und der Zähringer hat in Wahrheit überhaupt nichts gesagt.«

Bei Wolf regte sich noch einmal der Widerstand.

»Klar, könnte sein, ist aber nicht so. Aber hören Sie selbst.«

Zondler legte die Aufnahmekassette vom gestrigen Tag ein. Wolf konnte hören, wie Zähringer die Szene in Wolfs Garten beschrieb. Nach ein paar Sätzen schaltete Zondler wieder ab. Aber es hatte genügt, um bei Wolf eine Sinnesänderung herbeizuführen. Er wusste, wann er verloren hatte. Ohne weiteres Theater fing er an, jenen Tag zu schildern. Es deckte sich weitgehend mit dem Bericht von Zähringer. Nur dass Wolf selbst dabei besser wegkam, weil es kein so heftiger Streit, sondern nur ein kleiner Schubs von ihm gewesen sei. Die Schaich hätte sich wirklich zu blöd angestellt, gleich hinzufallen und dann der Baggergreifer. Also, da könne er nun wirklich nichts dafür. Von seiner Seite aus hätte er sich ohne Bedenken zu dem Unglück bekennen können. Er habe nur dem Zähringer helfen wollen, der doch weit größere Konsequenzen zu fürchten gehabt hätte.

»Also aus lauter Edelmut haben Sie dem Herrn Zähringer geholfen, die Leiche loszuwerden? Nobel, nobel. Vor allem, weil Sie den Zähringer doch gar nicht leiden können. An sich haben Sie überhaupt nicht gedacht. Auch nicht wegen der Erpressung? Oder könnte es vielleicht doch sein, dass Sie Grund genug hatten, die Angelegenheit ganz ruhig zu beerdigen, im wahrsten Sinne des Wortes?«

Das wussten sie also auch schon. Wolf gab sich geschlagen. Zondler forderte ihn auf, ihnen die Ereignisse vom Tag nach der nächtlichen Beerdigung zu schildern.

»Ich hab total schlecht geschlafen in der Nacht. Ist ja auch kein Wunder. Gegen Morgen bin ich dann doch noch weggedöst. So um sieben Uhr bin ich wie gerädert aufgewacht. Ich wusste erst gar nicht, was los war. Meine Frau lag nicht neben mir im Bett. Ich hatte ganz vergessen, dass sie ja auf einem Ausflug war. Dann kam erst die Erinnerung an Zähringer und den letzten Tag. Sie können mir glauben, das hat mich schier umgehauen. Was war alles zu erledigen? Das Auto musste weg. Und um Herrn Schaich würden wir uns auch kümmern müssen. Der Zähringer hatte da eine gar nicht so blöde Idee gehabt. Wie jeder wusste, war die Ehe der Schaichs nicht unbedingt die harmonischste. Vielleicht war der gute Mann gar nicht so unglücklich, wenn seine Frau nicht mehr nach Hause kam. Wir wollten da mal vorsichtig vorfühlen und im besten Falle Herrn Schaich zu unserem Mitwisser machen. Denn der könnte manches regeln, was sich anders nicht regeln ließe.

Zum Beispiel könnte er das Auto ganz normal abmelden. Wir würden uns gemeinsam eine Erklärung für Yvonne Schaichs Verschwinden ausdenken müssen. Mit dem Zähringer hatte ich ein Treffen am Vormittag ausgemacht, dann wollten wir noch mal reden und vielleicht auch gleich Kontakt mit Herrn Schaich aufnehmen. Wer weiß, sonst geht der noch zur Polizei und meldet seine Frau als vermisst, dachten wir.

Die Sache verzögerte sich dann allerdings doch etwas, weil Zähringer ein unvorhergesehener Wasserrohrbruch dazwischen kam. Der musste erledigt werden. Das dauerte bis zum Nachmittag. Ich bin dann auf dem Friedhof vorbei, um zu schauen, ob alles normal war, oder, ob irgendwas seltsam aussah um das Häberlegrab herum. War aber alles in Ordnung.

Am späten Nachmittag haben wir das Auto von der Schaich auf einen Parkplatz bei Kreenheinstetten gebracht. Zähringer ist gefahren und ich mit meinem Wagen hinterher, um ihn wieder mit zurückzunehmen. Als ich dann schließlich bei Schaich anrief und mich nach seiner Frau erkundigte, war dieser wirklich schon auf der Vermisstenstelle gewesen. Ich fragte, ob wir uns möglichst bald treffen könnten, ich müsse etwas sehr Wichtiges mit ihm besprechen. Herr Schaich wollte natürlich mehr wissen, aber es gelang mir, ihn auf später zu vertrösten. Es wurde ausgemacht, dass wir uns am nächsten Nachmittag auf einem Wanderparkplatz bei Kreenheinstetten treffen.

Ich hatte nicht gesagt, dass ich den Johann Zähringer mitbringen würde, das würde er noch bald genug sehen. Es war auch nicht derselbe Parkplatz wie der, auf dem das Auto seiner Frau stand. Der Schaich sollte ja nicht gleich durchdrehen. Wenn alles lief wie geplant, dann konnte er das Auto nach unserer Besprechung mitnehmen und daheim wieder in die Garage stellen.«

»Und, ist er aufgetaucht, der Herr Schaich?«, fragte Aichele.

»Ja, es klappte alles. Wir saßen bereits auf einer der Holzbänke, die am Waldrand stehen. Schaich schaute erst ziemlich abweisend, als er Zähringer erblickte, setzte sich dann aber zu uns und wartete gespannt, was da kommen würde. Das war jetzt schwierig und erforderte Feingefühl, denn wir mussten ihm möglichst schonend beibringen, dass wir beide seine Frau umgebracht hatten, wenn auch nicht absichtlich. Wir kannten ihn zu wenig, um eine Reaktion vorherzusehen.

Es hätte ja durchaus sein können, dass der Schaich ausrastet und uns eine verpasste. Erst jetzt wurde uns richtig bewusst, was wir da eigentlich machten und wie hoch wir pokerten.

›Es ist da was ganz Schreckliches passiert‹, begann ich und bat ihn, mir bitte ruhig zuzuhören und nicht zu unterbrechen. So geschah es dann auch und alle Achtung. Schaich hielt sich tapfer, wurde weder aggressiv noch sonst wie ausfallend. Nur ziemlich käsig. Als wir fertig waren, Zähringer hat auch einiges gesagt, herrschte lange Schweigen. Wir hatten alles so erzählt, wie es sich zugetragen hatte. Wir haben uns tausendmal entschuldigt und baten nun Herrn Schaich um Hilfe, falls ihm das überhaupt möglich wäre. Wir hatten das Ganze als schrecklichen Unfall dargestellt, ihm aber auch erklärt, was für einen Skandal die ganze Geschichte nach sich zöge, wenn es öffentlich würde.

Schaich rang sichtlich um Fassung, aber wir hatten ihn, was die Ehe anbetraf, ganz richtig beurteilt, denn sehr traurig wirkte er nicht.

Nach einiger Zeit überlegten wir zu dritt, wie man die Angelegenheit am unauffälligsten regeln könnte. Herr Schaich rief als Erstes bei der Polizei an und zog die Vermisstenanzeige zurück. Er erzählte ihnen, seine Frau habe sich eine kleine Auszeit genommen nach einem Beziehungsstreit und hätte zwei Tage am Bodensee verbracht. Jetzt sei aber alles wieder im Lot, es tue ihnen beiden leid, dass sie so viel Mühe gemacht hätten. Ja, und dann mussten wir uns noch eine Langzeitlösung für Yvonnes dauerhaftes Verschwinden ausdenken. So wurde die Idee mit Madeira geboren.

Herr Schaich war, wie gesagt, recht unglücklich mit seiner Frau gewesen, hatte aber nicht schlecht von ihr gelebt. Seinen Lebensstil wolle er auch so fortführen, das sagte er ganz deutlich zu uns. Wir konnten gar nicht anders, als auf diese neuerliche Erpressung einzugehen. Solange nicht aufkam, dass sie nicht mehr unter den Lebenden weilte, würde auch ihre Pension weiterlaufen. Dass diese Tatsache irgendwann mal ein Problem darstellen würde, daran dachten wir in unserer Situation nicht. Schaich war jedenfalls daran interessiert, für sein Schweigen mit monatlichen Zuwendungen belohnt zu werden. Er sollte überall publik machen, dass er und seine Frau sich getrennt hätten und sie, wie gesagt, auf Madeira lebe. Dass sie ihn weiterhin finanziell unterstütze, musste man ja nicht an die große Glocke hängen. Männer geben das nicht so gerne zu.

Es wurde ausgemacht, dass Zähringer und ich die monatlichen Zahlungen im Namen von Yvonne an ihren Mann leisten sollten. Zusammen mit der Pension der Exbürgermeisterin kam dann schon ein hübsches Sümmchen zusammen. Am besten Bareinzahlungen am Automaten auf das Konto von Werner Schaich. Direkt auf die Hand ging nicht, denn er brauchte ja den Nachweis von regelmäßigen Überweisungen. Das war ganz schön happig. Zumindest für Zähringer, der wohl nicht so flüssig war. Widerwillig musste er dennoch zustimmen, denn Schaich hatte uns eindeutig in der Hand. So trennten wir uns nach einem langen Gespräch und leiteten alles in die Wege. Wir brachten Werner Schaich zu dem anderen Parkplatz. Er fuhr den Wagen seiner Frau nach Hause und ließ sich dann von dort wieder zurückfahren, um sein eigenes Auto zu holen.«

Wolf schwieg. Er meinte, nun alles erzählt zu haben.

»Und das war's? Eben mal so 'ne Leiche beseitigt und dann wieder zurück in den Alltag?«, Aichele beugte sich weit über den Schreibtisch und sah Wolf direkt in die Augen.

»Wie geht das denn, kein schlechtes Gewissen, keine Albträume, keine Beichte in der Kirche?«

Wolf schwieg immer noch, diesmal beschämt. Dann erzählte er weiter.

»Uns beiden war immer bewusst, wer da auf dem Friedhof lag und wie die Tote dorthin gekommen war. Das schlechte Gewissen war auch immer dabei. Aber alles lief gut bis zur letzten Woche. Kein Mensch fragte noch nach Frau Schaich. Zähringer und ich gingen uns aus dem Weg, wo wir konnten, und versuchten die ganze Geschichte zu verdrängen, was natürlich nur im Ansatz gelang.«

Aichele schenkte Wasser ein. Wolf trank das ganze Glas auf einmal aus. Der lange Monolog hatte ihn ganz ausgetrocknet.

»Und wie war das, als kürzlich die Frau Häberle starb und beigesetzt wurde. Da hätten bei Ihnen doch sämtliche Alarmglocken läuten müssen!«, sagte Zondler.

»Das ist saudumm gelaufen. Wir waren beide nicht da, wie sich dann herausgestellt hat. Meine Frau und ich besuchten eine Cousine von ihr in Hamburg. Wir waren vier Tage verreist. Der Zähringer war zu dem Zeitpunkt grade zwei Tage auf einem Seminar vom TÜV und hatte somit erst vom Fund der unbekannten Leiche erfahren, als er wieder zurückkam. Aber was hätten wir denn machen sollen? Die Frau Schaich lag da schon in der Pathologie. Nein, da war eh schon alles zu spät. Wir sind halt doch Laien und haben vieles nicht bedacht.«

»Kann man wohl sagen, Herr Wolf. Da haben Sie sich schön was eingebrockt. Vorläufig bleiben Sie bei uns. Ihr Anwalt wird ja wohl demnächst hier erscheinen und mit Ihnen sprechen wollen.«

»Ja, meine Frau hat ihn sicher benachrichtigt.«

Ein Beamter führte Herbert Wolf hinaus. Es war Mittag geworden über dieser langen Aussage. Die Kommissare gingen in die Kantine. Da gab's heute Grünkernküchle mit Quarkdip. Oh weia, das war eine arge Herausforderung für Zondlers Magen. Wenn's wenigstens einen Kartoffelsalat dazu gegeben hätte, der war schließlich auch gesund.

Aber nein, die Küche machte seit dieser Woche bei einem Gesundheitsprogramm der Krankenkasse mit. Da standen so ungewohnte Sachen wie Tofu, Quinoa, Steckrüben, Pastinaken und dergleichen auf dem Plan. Der Hunger treibt's rein, dachte Zondler. Er biss mit Todesverachtung in das Grünkernküchle. Doch er musste dann zugeben, dass das Ding gar nicht übel schmeckte. Fast wie ein Fleischküchle, aber nur fast.

Nach dem Essen ließen sie Zähringer zur Vernehmung bringen und sich wiederum die ganze restliche Geschichte auch aus dessen Sicht erzählen. Die beiden Aussagen deckten sich bis auf paar kleinere Abweichungen, die aber immer vorkamen.

Ja, so war das, jetzt wissen Sie die ganze Geschichte«, schloss Zähringer und ließ erschöpft die Schultern hängen. Das Erzählen war lang und anstrengend gewesen.

»Was passiert jetzt?«

»Jetzt rollt das Justizverfahren an, Herr Zähringer«, sagte Zondler.

»Gegen Sie und den Herrn Wolf wird Anklage erhoben. Gegen Herrn Schaich natürlich auch, wegen Beihilfe. Was das bei Ihnen für ein Strafmaß geben wird, da habe ich keine Ahnung. Der ganze Fall ist schon sehr ungewöhnlich, das wird bestimmt einiges an Medieninteresse wecken.«

Zähringer stöhnte gequält auf.

»Also ehrlich gesagt, Sie waren schön blöd«, fuhr Zondler fort. »Hätten Sie den Tod von Frau Schaich gleich bei der Polizei gemeldet, dann wär mit viel Glück sogar nur ein Unfall mit Todesfolge daraus geworden, wahrscheinlich nicht mal ein Totschlag. Aber so, wie Sie sich beide dann verhalten haben. Diese ganze Inszenierung, das sieht natürlich nicht besonders gut aus vor Gericht. Also, ich verstehe beim besten Willen nicht, wie ein praktisch begabter Mensch wie Sie auf solch abstruse Ideen kommen kann! Warum um alles in der Welt haben Sie die Schaich vorher in einen Sarg gelegt und neben dem Häberle eingegraben? Es wär doch viel einfacher gewesen, sie ohne alles direkt in Häberles Grab zu legen. Haben Sie denn nicht wahrgenommen, dass die Stelle neben dem Häberle noch frei war und dass da irgendwann jemand bestattet werden würde?«

»Ehrlich gesagt, ich begreif es selber nicht mehr. Die Ausnahmesituation hat wohl das Denkvermögen arg eingeschränkt. Sowohl beim Wolf als auch bei mir. Wir haben bloß noch blind gehandelt und nicht mehr nachgedacht. Stimmt, das mit dem Sarg war keine gute Idee. Aber vielleicht ist das irgendwie in einem drin. Bestattet wird man in einem Sarg, und den hatte ich auch noch zufälligerweise rumstehen. Und das Grab, da hab ich überhaupt nicht dran gedacht, dass da noch mal aufgemacht wird, es liegt auch so nah an der Hecke, der Platz sieht ganz schmal aus. Ich wusste auch nicht, dass es da noch eine Ehefrau gab. Ich kapier's selbst nicht. Es ist, als ob ich das gar nicht gewesen bin, sondern irgendein anderer.«

Zähringer hob hilflos die Arme und ließ sie dann wieder sinken. Ein einziges Bild von Resignation.

»Ich würde Ihnen raten, sich einen wirklich guten Rechtsbeistand zu suchen. Vielleicht geht da irgendwas mit Affekt und vorübergehendem Panikzustand, was weiß ich.«

Aichele ging nach draußen und sagte dem Polizeibeamten auf dem Flur, dass er Zähringer wieder abführen könne. Mit hängendem Kopf verließ dieser mit dem Beamten das Zimmer.

Schaich wurde nicht in Gewahrsam genommen, aber auch auf ihn wartete ein Strafverfahren. Zondler ordnete den Papierkram und leitete alles Nötige für die Staatsanwaltschaft in die Wege.

»Und warum das alles?«, fragte Zondler. Aichele schaute nachdenklich.

»Eigentlich wegen gar nichts. Der Zähringer ist ein armes Schwein. Lässt sich von Wolf dermaßen Angst machen und mit reinziehen. Die Frau tut mir auch leid. Und der Wolf, der hatte bloß Angst vor dem Skandal wegen des Schmiergeldes. Und dann so ein blöder Unfall und die zwei drehen durch. Unglaublich. Das sind doch gestandene Männer, die im Leben stehen, ich kann mir das nicht erklären.«

»Ja was tut man nicht alles, um den schönen Schein zu wahren. Da ist schon so manch einer zum Täter geworden. Jetzt gibt's erst recht einen Skandal. Ich glaub, die Glückhausener haben noch ziemlich lange Gesprächsstoff in ihrem Wirtshaus«, bekräftigte Zondler.

»Jetzt ruf ich unseren Obersten an und mach ihm eine Freude. Dann ist Schluss für heute. Fall gelöst, und wir zwei haben was zu feiern. Ich geb dir einen aus!«

»Hört sich gut an. Dann sagst du mir vielleicht endlich, weshalb du in letzter Zeit so auffallend gut aufgelegt bist. Das Dauergrinsen in deinem Gesicht macht mich schon ganz nervös. Hängt das vielleicht auch mit deinem Aufenthalt in den Büschen bei Kreenheinstetten zusammen, als du so zufällig unsere Täter belauscht hast?«

Zondler wurde zartrosa im Gesicht. Das besagte Dauergrinsen war auch wieder da.

»Kann schon sein, jedenfalls geht's mir wirklich gerade saugut. Die ›Buschfrau‹ heißt übrigens Jette. Beim zweiten oder dritten Bier erzähl ich dir vielleicht noch ein bissle mehr. Irgendwann stell ich sie dir auch vor, sie wird dir gefallen. Sonst zerreißt es dich noch vor Neugier.«

Mehr ließ er sich für den Moment nicht aus der Nase ziehen. Als die beiden später in ihrer Lieblingswirtschaft zusammensaßen, sagte Zondler ganz wehmütig:

»Woisch was, Sebastian, schad isch, dass mir jetzt nemme nach Glückhausen kommet. Also der Kartoffelsalat im Hirsch, der wird mir scho fehla.«

»Vielleicht hosch Glück, ond dort wird nomol ebbr umbrocht«, entgegnete Aichele.

»Vielleicht, mr woiß ja nia.«

Bedanken möchte ich mich bei …

… meiner Freundin Doris für den Buchtitel

… Andy für die Motivation und Erstkorrektur

… meinem Mann für sein großes Fachwissen über Grabaushub

… dem Oertel & Spoerer Verlag für die Chance, diese Geschichte zu veröffentlichen

… und nicht zuletzt bei meinem Lektor Bernd Weiler, der behutsam Ecken und Kanten im Text gemildert hat.